행콕파
보호소
살인 사건

이상의 문학

행콕팍보호소 살인 사건

초판 1쇄 발행   2018년 1월 11일

지은이   이준혁
편집   김영미
표지디자인   정은경디자인

펴낸곳   이상북스
펴낸이   송성호
출판등록   제313-2009-7호(2009년 1월 13일)
주소   03970 서울특별시 마포구 성미산로 5길 72-2, 2층.
전화번호   02-6082-2562
팩스   02-3144-2562
이메일   beditor@hanmail.net

ISBN 978-89-93690-50-7   (03810)

* 책값은 뒤표지에 표기되어 있습니다.
* 파본은 구입하신 서점에서 교환해 드립니다.
* 이 책의 전부 또는 일부 내용을 재사용하려면 반드시 저작권자의 사전 동의를 받아야 합니다.

이 도서의 국립중앙도서관 출판예정도서목록(CIP)은 서지정보유통지원시스템 홈페이지
(http://seoji.nl.go.kr)와 국가자료공동목록시스템(http://www.nl.go.kr/kolisnet)에서
이용하실 수 있습니다.(CIP제어번호: CIP2017033821)

행콕파 보호소 살인사건

이 준 혁 소 설 집

상상
북스

/ 차례 /

팜스프링스
고려장

"아가…."

폐경된 지 오륙 년이 넘은 그녀는 씁쓸한 미소를 지었다.

날 월경도 하기 전의 아이로 불러주는 사람은 세상에 시어머니밖에 없네.

미니 밴의 뒷좌석에 앉아 있던 시어머니는 개미가 기어가는 듯한 목소리로 말을 이었다.

"구리스피 도나스 없니?"

시어머니는 밥은 걸러도 크리스피 도넛은 반드시 챙겨 먹었다.

"도나스 어디 좀 없니?"

"조금만 기다리세요. 가게가 보이면 바로 사 드릴게요."

그녀는 차가운 목소리로 대답했다. LA에서 팜스프링스로 가는 10번 프리웨이의 새벽 무렵은 크리스피 도넛 가게는커녕 오가는 차 한 대 없이 황량했다. 몇십 분을 달렸을까? 뒷자리가 조용해졌다는 것을 깨달은 그녀는 백미러를 힐끔 쳐다보았다. 시어머니는 평소와 다르게 도넛을 달라고 계속 칭얼대지 않고 물끄러미 차창 밖을 보고 있었다. 가출해서 거리를 헤맨 후라 시어머니에게도 더 이상 기력이 남아 있지 않은 듯 했다. 그녀는 다시 핸들을 두 손으로 빨래 짜듯 꽉 쥐고 앞을 응시했다. LA 다운타운에서 프리웨이에 올라 미친 듯이 액셀을 밟고 이곳까지 오는 데 단 몇 초의 시간밖에 걸리지 않은 것 같았다. 속도계가 가리키는 엄청난 숫자와 달리 차창 밖으로 펼쳐지는 미명의 광경은 시간을 되돌려 놓는 듯 너무도 느리게 뒷걸음질 쳤다.

— 아아아악!

그녀는 헤드뱅잉을 하는 헤비메탈 가수처럼 머리를 흔들어대며 비명을 질렀다. 좁은 차 안에서 아이를 낳을 때만큼이나 소리를 질렀는데도 차 밖에서 유리창으로 보이는 그녀의 모습은 마치 어항 속 금붕어 같았다. 뒷좌석의 시어머니도 꿈쩍 않고 그저 멍하니 차창 밖을 내다볼 뿐이었다. 있는 힘껏 소리를 질렀는데도 속이 후련하기는커녕 미동도 않는 시어머니가 자신을 무시하는 것 같다는 생각에 더 화가 치밀어 올랐다.

—아아아악!

그녀는 다시 한 번 목 놓아 괴성을 토해 냈다.

—니가 뭐 그렇지.

어디선가 시어머니의 귀한 외동아들 목소리가 들려왔다.

부부싸움을 할 때 그녀가 분을 참지 못하고 소리를 지르면, 그녀의 남편은 언제나 천성적으로 고성을 내지 못하는 성대를 가진 그녀를 무슨 큰 결함이라도 있는 듯 쳐다보며 빈정댔다. 넉넉한 집안에서 소리 지를 일 한번 없이 유복하게 자란 그녀는 시집을 와서는 매일 소리를 질렀다. 그런 기막힌 현실이 더욱 화가 나 더 소리를 질러 댔다.

★

그녀와 시어머니는 처음부터 뭔가 맞지 않았다. 매달리는 남편에게 적선해 주는 셈 치고 결혼해 주었더니 남편의 엄마는 성은을 입은 줄 알라며 그녀를 씨받이 취급했다. 남들이 보면 그저 그렇게 여길 평범한 집안인데도 시어머니는 마치 조선의 마지막 황족 혈통이라도 되는 것처럼 유세를 부렸다.

"그래도 시댁에 잘해야지."

수더분한 친정엄마는 시어머니 욕을 하면 언제나 이렇게 다독였다. 시어머니에게 잘해야 한다는 말을 들을 때마다 그녀는 울컥했다.

"엄마, 시댁이 무슨 뜻인 줄 아세요? 시댁(媤宅)은 남자의 집이라는 한자라고요. 지금 남편과 시어머니가 사는 집이 무슨 남편 집이에요? 엄마 아빠가 뼈 빠지게 모은 돈으로 사준 100퍼센트 엄마 아빠집이지. 남들은 남자가 집 장만하고 여자는 속만 채우면 되는데… 다 거저먹은 주제에…."

그러면 그녀의 어머니는 그녀의 입을 막았다.

"그래, 누가 의사하고 결혼하래? 니가 좋아서 결혼한 거 아니냐? 시어머니나 남편이 두들겨 패지 않는 이상 그냥 참고 살아. 너 애 낳고 시간이 흐르면 다 괜찮아질 거야."

그러나 시어머니의 들볶임과 전문의 과정에 있는 남편의 뒷바라지로 스트레스를 받아서인지 그녀는 좀처럼 임신이 되지 않았다. 그런 그녀에게 시어머니는 몸에 좋다며 온갖 혐오 식품들을 들이댔다. 그것도 꼭 남편이 보는 앞에서.

한번은 시어머니가 영화 〈에일리언〉에 나오는 에일리언의 머리와 똑같이 생긴 생선을 그녀 앞에 떡하니 내놓았다. 생선을 보자마자 비위가 약한 그녀가 헛구역질을 했는데, 그걸 본 시어머니는 생기지도 않은 손자의 백일잔치라도 열듯이 사방에 전화를 돌렸다.

"드디어 임신했어!"

"씨가 좋은데 열매도 당연히 좋겠지 뭐, 오호호호호."

"우리 손자도 의사시킬 거야. 두고 보라고."

시간이 흐를수록 시어머니는 양치기 소년이 되어 갔고, 그녀는 영화 〈엽기적인 그녀〉의 여자 주인공처럼 오바이트를 해 댔다. 급기야 그녀는 '시어머니'라는 말만 봐도 속이 뒤틀리는 지경에까지 이르렀는데, 뜻밖에 남편이 희소식을 전했다. 미국에서 공부와 학위를 마칠 기회가 생겼는데 미국에 가면 어떻겠느냐는 말이었다. 그녀는 당연히 그 자리에서 찬성했고, 일사천리로 이사 준비를 마치고 정확히 한 달 뒤 미국행 비행기에 올랐다.

★

"갑자기 미국이라니… 어쩌 이런 일이 벌어졌다니."

공항에 마중 나온 시어머니는 복잡한 기차역에서 아이를 잃어버린 엄마의 넋 나간 표정으로 남편을 바라보며 말을 잇지 못했다. 걱정 말라는 남편과 작별인사를 하는 시어머니와 시댁 식구들의 모습이 마치 한 편의 촌스런 흑백 코미디 같아서 하마터면 그녀는 웃음을 터트릴 뻔 했다. 눈치를 챈 친정엄마가 그녀의 옆구리를 눈물 나게 치는 바람에 겨우 슬픈 표정을 지을 수 있었지만, 비행기가 이륙하자마자 그녀는 기내 화장실로 들어가 참았던 웃음을 터트렸다.

그뒤 23년 동안 그녀는 시어머니의 존재도 잊고 미국에 오자마자 임신해서 낳은 아들의 양육과 남편 뒷바라지로 정신없이 살았다. 남편과 아들 외에는 친인척 하나 없는 미국에서 조금 외로울 때도 있었지만 23년이라는 시간이 마치 23초처럼 휙 지나갔다.

여느 때와 같이 평온한 주말 아침.

골프를 치러 나가던 남편이 불쑥 한마디를 던졌다.

"다음 달에 어머니 오실 거야."

"뭐?"

"어머니 오실 거라고. 이제 연세도 팔순을 넘기셨는데, 우리가 모셔야 되지 않겠어?"

그녀의 하늘이 노래졌다.

"그게 무슨 소리야? 내 나이 쉰에 시어머니를 모시라고?"

"그럼 누가 모셔? 한국 떠나 와서 착각하는 모양인데, 내가 우리 집 장손이라고… 아버지도 돌아가셨으니 홀로 된 어머니를 모시는 게 도리지."

"아니, 왜 이제 와서 모시냐고…."

그녀의 목소리가 울음으로 갈라지기 시작했다.

"뭐? 이제 와서? 그동안 시집살이도 안 하고 편했잖아… 그건 생각 안 해?"

"당신 뒷바라지에 내가 얼마나 힘들었는데."

그녀는 울먹였다. 남편은 쉰을 바라보는 여자가 우는 모습이 한심했는지 잠시 말을 멈췄다.

"당신은 왜 그렇게 어머니를 싫어해?"

남편의 질문은 마치 이유 없이 사람을 죽이는 연쇄 살인마에게 왜 자꾸 사람을 죽였냐고 다그치는 형사의 취조처럼 들렸다.

그녀도 이유가 없었다. 왜 시어머니를 싫어하는지….

언제부터 매듭이 꼬였는지 이유를 찾자면 전생보다 더 까마득한 시간 속을 헤매야 할 것 같았다.

시어머니는 약속보다 이틀이나 빨리 LA 국제공항에 도착했다. 시어머니는 마치 올림픽에서 금메달을 획득하고 금의환향하는 선수처럼 기세등등하게 손을 흔들며 나타났다. 4년 전 한국을 방문했을 때보다 연세를 더 잡수셨음에도 불구하고 머리 염색을 해서 그런지 솔직히 그녀보다 더 젊어 보였다.

시어머니는 시차고 뭐고 미국에서 태어난 사람처럼 미국 생활에 곧바로 적응해 나갔다. 물론 그건 그녀의 모든 시간과 여유를 다 빼앗아 간 결과였다.

시어머니는 23년 동안 그녀에게 시켜야 했던 '시집살이'라는 압출파일을 빛의 속도로 풀어냈다.

"야! 이거 매일 진수성찬이네."

아침으로 한식은 거북하다며 지난 23년간 간단한 아메리칸 스타일 식사를 선호하던 남편도 시어머니의 입맛에 맞춰 차려진 한정식 같은 아침상을 보며 해맑은 얼굴로 감탄했다. 남편이 그럴 때마다 시어머니는 처음 2초는 그녀를 노려보았고 다음 10초는 남편 쪽을 측은하게 바라보았다.

그녀는 자신이 차린 아침상이 시어머니의 제사상이면 얼마나 좋을까 상상했다.

평생 불교 신자로 산 시어머니는 일요일이 되자 교회를 가겠다고 따라나섰다. 교회에 들어서자마자 등록부터 침례까지 일사천리로 끝내고 얼마 지나지 않아 예배시간에 신앙 간증도 했다. 어디에서 들었는지 시어머니는 '룻과 나오미'(구약성경 〈룻기〉에 나오는 며느리와 시어머니의 이름) 이야기를 간증에 곁들여 시어머니 말 들어서 잘못 되는 며느리 못 봤다며, 이제 죽으면 며느리와 함께 천국에서 영원히 거할 거라며 성도들 앞에서 눈물까지 흘렸다.

그녀는 난감했다. 천국 가서도 시어머니와 함께 지내야 한다니. 시어머니가 없는 곳은 이승에도 저승에도 그 어느 곳에도 존재하지 않으리라는 생각에 피가 머리 쪽으로 솟구쳐서 그녀는 어찌할 수 없는 화를 밤마다 남편에게 퍼부었다. 남편은 처음에는 그녀의 화를 응석으로 받아주었으나 차츰 넌덜머리를 냈다. 회유와 비난을 번갈아 쓰던 남편은 급기야 무관심으로 작전을 바꾸었다. 주말이면 골프를 치러 나가거나 학술회의나 세미나를 관광 다니는 것처럼 찾아다녔다. 남편이 며칠 집을 비우면 그 넓은 집에서 시어머니와 단둘이 지내야 한다는 곤혹스러움으로 그녀는 더욱 미칠 지경이 되었다.

★

'아니, 왜 내가 시어머니를 이렇게까지 미워하게 됐지?'

어느 날 한밤중에 잠에서 깨어 일어나 앉았는데 갑자기 이런 생각이 그녀의 뇌리를 스치고 지나갔다. 그녀는 머릿속 DVD 플레이어의 뒤로가기 버튼을 눌렀다. 남편과 데이트를 할 당시 집으로 초대받고 시어머니와 첫 대면을 하던 날을 재생해 보았다.

그때 무슨 옷을 입었지? 헤어스타일은? 화장은 어떻게 했지? 그날의 보관 상태가 좋지 못한지, 애당초 녹화가 되지 않았는지 전혀 재생이 되지 않았다.

특별한 이유 없이 상대방이 미우면 그 만남의 시작점으로 돌아가 보라는데, 아무리 생각해 봐도 그녀는 시어머니를 처음 만났던 날의 기억에서 특별한 문제를 발견할 수 없었다. 무엇보다 자신이 실수라고 할 만한 행동을 절대 하지 않았음을 확신했다.

시어머니의 첫인상은 평범했다. 그저 그 나이만큼 차려입고, 그 나이만큼 얘기했으며, 그 나이만큼 행동해서 특별히 기억나는 것이 없었다. 어쩌면 평생을 시청 공무원인 시아버지의 그늘 아래 잠잠히 살아야 했던 환경이 시어머니의 인상을 그렇게 평범하게 만들었을 것이라고 짐작했었다. 예과 때부터 자신을 졸졸 따라다닌 남자의 소원 성취 차원도 있었지만 나름대로 어른에게 책잡히지 않기 위해 그녀는 철저히 준비했고 최대한 공손하고 예의 바르게 그의 어머니를 대했다.

커피 맛이 끔찍하다고 생각했으면서도 두 손으로 컵을 쥐고 맛있다는 표정을 지었고, 나프탈렌 냄새 진동하는 시어머니의 패션에 최고라고 엄지손가락을 올렸고, 결혼을 하기 전임에도 불구하고 어머님이라 부르며 거실에 걸린 가족사진 속 시어머니를 온갖 미사여구를 동원해 칭찬했다. 그녀 입맛에 전혀 맞지 않는 반찬만 골라 모은 저녁상에서는 그녀가 끔찍이도 싫어하는 생선매운탕을 곁들여 밥 한 공기를 완전히 비웠다. 또 시어머니가 묻는 말에 또박또박 대답했고, 별로 웃기지 않는 시어머니의 말에 과장되게 웃으며 추임새를 넣어 주었다.

반면 시어머니는 그녀의 첫인상이 마음에 들었다. 신세대 스타일 같은 당당함과 현모양처 같은 단아함이 동시에 풍기는 것이 특히 인상적이었다. 그런데 시어머니는 자신이 실수로 설탕 대신 소금을 넣은 커피를 맛있게 마시는 그녀가 이상했고, 다리미질 하다가 태워먹은 새로 산 옷 대신 장롱에 처박아 두었던 나프탈렌 냄새 나는 유행 지난 블라우스를 멋있다고 하는 그녀가 마뜩찮았고, 남편과 한바탕 하고 기분 나쁜 표정으로 찍은 가족사진 속의 자신을 속이 거북할 정도 칭찬하는 그녀가 가증스러웠다. 장래에 며느리가 될 아이의 식성을 아들에게 물어봐도 모른다고 해서 대강 차려 놓은 밥상 앞에서도 맛있게 한 그릇 해치우는 모습이 이상하게 느껴졌다. 뭔가 선명하지 않은 아이라고 확신했다.

이런 첫 만남 이후 그녀와 시어머니 사이에는 기막힐 정도로 기가 맞지 않는 일이 기적적으로 벌어져 결국 서로 원수 같은 사이가 되어 버렸다.

'잠깐! 내가 이렇게 싫어하면 나만 스트레스 받고 손해 아냐? 그냥 무시해 버리면 내 맘이 편하지 않을까?'

그녀는 무슨 진리라도 발견한 구도자처럼 환한 표정을 지었다. 그리고 그 결심 이후 그녀는 시어머니를 무시했다. 시어머니가 무슨 말을 하든 말든 들은 체 만 체 했다.

시어머니가 미국에 오면서 잃었던 밥맛이 돌아왔다. 주중에 한 번 정도 나가서 소일거리로 봉사하는 인권협회 사무실 사람들이 입을 모아 무슨 좋은 일이 있느냐고 물을 정도였다. 그녀는 날아갈 것 같았다.

★

"아가야."

"…."

"아가야…."

"…."

"할 말이 있다."

하루는 거실 소파에 앉아 있는데 시어머니가 심각한 얼굴로 다가왔다. 그러나 그녀는 아무 대답도 하지 않고 TV 속 한국 드라마의 여주인공만 째려보았다.

"네 아들래미가 말이다."

"…."

그녀는 얼굴을 찌푸렸다. 아들래미? 정말 교양 없는 호칭 아닌가? 그리고 언제부터 손자 신경 썼다고… 자신의 분신인 아들까지 왜 간섭하느냐는 듯 보고 있던 TV 속 여주인공 바라보듯 시어머니를 흘겨보았다.

"아가야, 너 없는 동안 그 애가 자기 친구를 데려와서 말이다… 방에서…."

시어머니는 평상시와 다르게 잔뜩 겁에 질린 얼굴로 말을 얼버무렸다. 그녀는 한참을 아무 말도 하지 않고 시어머니의 눈동자를 바라보았다. 그러나 시어머니를 무시하기로 맹세한 대로 째려보던 눈길을 거두고 다시 TV에 집중했다.

★

"아니 도대체 당신 어머니한테 그게 뭐야?"

시어머니가 이야기했는지 아니면 남편이 느꼈는지 모처럼 결혼기념일이라고 예약해 놓은 LA 다운타운 리츠칼튼 호텔 식당에서 남편이 다짜고짜 물었다. 그녀는 모처럼의 기분을 망치고 싶지 않아 아무 대답도 하지 않고 테이블 위에 놓인 물 잔을 들어 입술만 적셨다. 물을 적셔도 입은 더 마르는 것 같았다.

"나도 당신 기분 조금은 알아. 결혼생활 내내 모시지 않다가 갑자기 나이 들어 시어머닐 모시게 되었으니 얼마나 당황스럽고 힘들겠어."

그녀는 아무 대답도 하지 않고 금빛 반지를 낀 손으로 은빛 포크를 만지작거리며 남편이 방금 한 말을 영어로 하면 어떻게 될까 생각했다. 그러다가 과연 미국인 중 폐경이 지난 나이에 시어머니를 모시는 며느리가 몇이나 될까 궁금해졌다. 홀로 된 부모를 장남이 모시는 일은 다른 여러 나라에도 관습으로 남아 있을 것이다. 그런데 이제 자식 다 키우고 여생을 즐기며 정리해야 할 시기에 다시 시집살이를 시작해야 하는 그 빌어먹을 관습을 가진 나라가 과연 지구상에 몇이나 존재할까 알고 싶어졌다. 그녀는 남편에게 시어머니를 이제 더 이상 모실 수 없다고 천천히 말했다. 남편은 그녀의 예상과 한 치도 다르지 않은 반응을 했다.

"그럼 어떻게 해? 고려장이라도 할까? 저, 어디 사막에 갖다 버려?"

남편의 말에 그녀는 예전에 본 한 TV 프로그램을 떠올렸다. 그 프로그램에서는 한민족처럼 효성이 남다른 민족이 부모를 산 채로 버리는 살인 행위를 했다는 건 말도 안 된다고, 실제로 고려장은 일제 강점기 때 일본인들이 고분 유적을 파헤칠 당위

성을 찾고자 만들어 낸 날조된 역사라고 했다.

'고려장이라….'

그녀는 아름다운 유리잔에 담긴 물을 한 모금 마셨다. 그녀는 고려장이 인류에 어긋나는 참으로 끔찍하고 비극적인 일이라고 생각했다.

물론 시어머니가 치매 판정을 받기 전 일이다.

★

시어머니는 무심한 그녀에게 골탕을 먹일 가장 적극적인 방법으로 치매를 택한 것 같았다. 시어머니와 대화를 끊은 지 3개월도 되지 않아 그녀는 냉장고 안의 얼음이 녹아 부엌 바닥을 흥건히 적실 때까지 냉장고 문을 열어 놓고 우두커니 바라보는 시어머니를 발견했다.

그런 일이 몇 번 더 있고 나서 그녀는 남편에게 시어머니가 이상하다고 전했다. 남편은 시어머니를 병원에 데려갔고, 치매 초기라는 진단을 받았다. 시어머니를 진단한 의사는 갑자기 치매가 들이닥친 이유가 크게 스트레스를 받았기 때문이라는 소견을 덧붙였다. 그녀는 자신이 아니라 시어머니가 치매가 걸릴 정도로 스트레스를 받았다고 하니 어이가 없었다.

평소 건강할 때도 그녀를 괴롭히는 못된 말을 비교적 짧게 하던 시어머니는 치매 진단을 받고 난 뒤 거의 말수가 없어졌다. 그런 시어머니를 보며 그녀는 치매에 걸린 것이 마치 술에 취해 필름이 끊긴 상태와 비슷하다는 말을 어디선가 읽은 것을 기억해 냈다. 그리고 남편이 사다 놓은 위스키를 얼음도 없이 보리차 마시듯 들이켰다. 치매가 걸린 시어머니를 모실 생각에 앞이 캄캄해졌다. 세상이 온통 회색빛으로 변했다. 시어머니는 이제 냉장고만 바라보는 게 아니라 집안 곳곳 돌아다니며 문이란 문은 모두 열고 멍하니 바라보기 시작했다. 그렇게 바라보는 시간도 점점 늘어나 이제 아침에 눈만 뜨면 아무 문이나 열어 놓고 하루 종일 바라보았다. 급기야 시어머니의 입에 음식을 넣어 주어야 하는 지경까지 이르렀다.

'도대체 뭘 바라보는 걸까?'

그녀는 시어머니의 뒤로 다가가 시어머니가 쳐다보는 방향과 같은 곳을 똑같이 바라보았다. 그녀의 눈앞에 펼쳐진 광경은 열린 문의 바깥 장소에 따라 딱히 특이한 점이 없어 보였다.

'누굴 기다리나?'

한참을 들여다보았지만 점점 순백색으로 변해 가는 시어머니의 얼굴에서 뭔가를 기다리는 간절함은 발견할 수 없었다.

간절함이나 애절함은 없었지만 대신 시어머니의 눈빛에는 뭔가 끔찍한 장면을 보고 난 뒤 질려 버린 공포와, 너무 놀란 나머지 정신이 반쯤 나가 버린 공허가 동시에 존재했다. 그녀는 그렇게 기세등등하던 시어머니가 저리 된 것이 다 자신에게 저지른 악행 때문이라는 생각도 없지 않았다. 하지만 앙상하게 말라가는 시어머니가 안쓰럽게도 느껴졌다.

'도대체 뭘 봤기에?'

★

그녀의 집은 침실 다섯 개짜리 고급 단독주택이다. 집이 위치한 동네도 남가주에서 알아주는 부촌으로, 이웃도 다들 그녀의 남편처럼 전문직이나 회사를 경영하는 등 비슷한 계층의 사람들이다. 이곳으로 이사 온 지 10년이 되었는데, 운동 삼아 한밤중에 걸어 다녀도 별 사고 걱정 없는 아주 안전하고 조용한 동네다. 그 흔한 앰뷸런스 지나가는 소리도 드문 지역이다.

'그럼 집 밖이 아니고 집 안에서 뭘 봤나?'

그녀의 남편은 요즘 거의 집을 비우다시피 했다. 그녀 외에는 집안일을 위해 고용한 가정부 클라우디아와 산타모니카 칼리지에 다니는 외아들뿐이다. 클라우디아는 불혹을 넘긴 후덕한 인상의 멕시코 인으로 6년을 넘게 일해 왔는데도 언제나 달덩이 같은 미소를 머금고 맡겨진 일에만 충실한 사람이다. 원래 클라우디아는 그녀의 집 이층 방에서 딸과 같이 살았는데 올해 딸이 중학교에 들어가면서 따로 아파트를 얻어 나가는 바람에 출퇴근을 하게 되었다.

클라우디아는 시어머니와 말도 통하지 않았지만 처음 볼 때부터 서로 다정하게 지냈다. 시어머니는 그녀보다 클라우디아가 더 마음에 드는 눈치였다. 한식을 즐기고 김치까지 담글 줄 아는 클라우디아에 대해 시어머니는 틈만 나면 그녀나 남편에게 칭찬을 늘어놓았다.

갑작스럽게 치매가 와서 온 집안의 문을 열어 놓고 우두커니 서 있는 시어머니의 모습을 사실 그녀보다 클라우디아가 더 슬퍼했다. 클라우디아는 어떻게 알았는지 아침에 출근할 때마다 크리스피 도넛 한 박스를 사 와서 시어머니의 입에 조금씩 뜯어넣어 주었다. 도넛을 받아먹고 오물거리는 시어머니를 바라보며 클라우디아는 눈물을 흘렸다. 도넛을 먹다가 흘린 하얀 설탕 조각들이 클라우디아의 눈물처럼 시어머니의 발바닥에 떨어졌는데, 클라우디아는 그것을 청소하며 또 눈물을 흘렸다. 그녀는 클라우디아를 신임했다. 자신이 없을 때 시어머니에게 더 잘하면 잘했지 못하지는 않을 것이라고 확신했다. 그럴 일이야 없겠지만 설사 클라우디아가 시어머니를 남몰래 학대했더라도 그녀는 아마 눈감아 줬을 것이다. 자신의 앙갚음을 대신 해 주는 셈이니까.

이렇게 되면 집안에서 시어머니와 마주칠 사람은 결혼 초기 한국에 있을 때 그렇게 노래를 부르던 손자인 그녀의 아들밖에 없다. 미국에서 태어난 그녀의 아들은 겉모습만 한국인일 뿐 한국말은 제대로 하지 못하는 전형적인 이민 2세다. 시어머니는 하나밖에 없는 손자라며 살갑게 다가갔지만 아들은 시어머니의 체취와 행동이 마음에 들지 않는지 첫 대면 후 줄곧 시어머니를 피해 다녔다. 게다가 말도 전혀 통하지 않으니 둘 사이는 서먹서먹할 수밖에 없었다.

그녀는 미국으로 올 때 한국 땅을 등지겠다고 마음먹었으므로 자식의 선택을 우선 존중하겠지만 자식이 완전한 미국인으로 자라길 원했다. 납득하기 어려운 가부장제가 만연하고, 학연 지연 없이는 사회적 성공을 기대하기 어렵고, 남 눈치 보는 체면 문화에 빠진 한국 사회 자체에 넌더리가 나서 자신의 아들만은 자유로운 미국에서 하고 싶은 일 맘껏 하며 행복했으면 하는 바람이었다.

그녀는 아들을 어릴 때부터 미국 중상류층 이상만 다닌다는 사립 유치원에 보냈고, 사립 초등학교에 다닐 때부터는 아예 기숙사 생활을 하도록 했다. 부모의 좋은 유전자만 받았는지 아들은 학교 공부도 곧잘 하고 외모도 훤칠한 아이로 자랐다. 흠이 있다면 조금 여성스럽다는 것이었는데, 꽃미남이 환영받는 요즘 시대에 부합하는 멋진 얼굴이라고 그녀는 흡족해했다. 고등학교 졸업 후 아들은 공부에 흥미를 잃은 듯 대학 진학을 잠시 미루고 싶어 했다. 언제나 자식의 의견을 존중하는 그녀는 서두르지 말고 시티 칼리지에서 여러 과목을 들어 보고 나서 하고 싶은 전공이 생기면 옮기라고 일러주었다.

오랜 기숙사 생활 후 부모와 함께 사는 것이 불편할 것이라고 여긴 그녀는 사생활이 완전히 보장되도록 아들의 방을 개조했다. 집 안을 거치지 않고 곧장 자기 방으로 들어갈 수 있게 만들어 주었는데, 아들 방에 가서 확인하기 전까지는 아들이 집에 있는지 없는지도 모를 정도였다.

시어머니가 치매 판정을 받기 전 그녀가 시어머니에게 유일하게 한 부탁은 바로 방문을 열기 전에는 반드시 노크를 해 달라는 것이었다. 완전한 미국 사람인 아들의 사생활을 보호해 주기 위한 것이라며 그녀는 간곡히 시어머니에게 부탁했다. 하지만 시어머니는 그녀의 부탁을 건성으로 들었는지 아니면 무시하고 싶었는지 보란 듯이 방문들을 열어젖히고 구석구석 살펴는 것으로 하루 일과를 시작했다.

그녀가 화장실에 있는데도 문을 확 여는 바람에 당황한 적도 있었고, 남편이 욕실에서 샤워를 하는데도 샤워 도어를 열어젖히는 일이 비일비재했다. 그럴 때마다 남편은 뭐가 즐거운지 비눗물 때문에 찡그린 얼굴로 웃었고 시어머니는 환갑이 다 되어 가는 아들의 알몸을 마치 귀여운 아기 바라보듯 바라보며 따라 웃었다. 결벽증세가 조금 있었던 그녀는 시어머니의 문 열어젖히는 악취미를 막아 보고자 집안의 문들을 다 자물쇠로 걸어 잠그고 열쇠로만 열게 해 두었다. 그러나 얼마 안 가 일단 그녀 자신이 너무 불편해서 그만둬 버렸다.

그녀가 열쇠로 집안의 방문 잠그는 것을 포기하던 날, 시어머니는 뭐가 그리 흥겨운지 아침부터 콧노래를 부르며 세미나에 참석하기 위해 한국행 출장 준비를 하는 아들의 넥타이를 손수 매 주며 작별인사를 했다. 그런 시어머니를 바라보며 그녀는 패배를 인정했다. 그리고 더 이상 시어머니의 유치한 놀이에 휘말리지 않기 위해 철저히 시어머니를 무시하기로 결심했다.

역시 애정의 반대는 미움이 아니라 무관심이다. 애당초 인간은 관심을 받고 싶어 하고 관심 속에서 살아가는 존재이기에 미움이라는 관심조차 끊어 버리면 시어머니를 이길 수 있으리라 생각했다.

"Oh my God!"

패배를 인정한 뒤 일주일쯤 지났을 무렵, 그녀의 아들이 이층에서 쿵쿵거리며 내려와 씩씩거렸다. 수건 하나만 두른 아들의 조각 같은 몸을 예술작품 바라보듯 그윽한 눈빛으로 바라보는 그녀에게 아들은 분노에 찬 목소리로 성토했다. 잔뜩 화가 나서 위층을 가리키며 영어로 빠르게 말하는데 대략 시어머니가 자신의 방문을 열었다고 하는 것 같았다.

그녀는 아들을 달래려고 안으려 다가섰다. 그러자 아들은 어마어마한 힘으로 그녀의 가슴을 확 밀쳤다. 그녀는 우스꽝스럽게 바닥에 엉덩방아를 찧으며 주저앉았다. 눈물이 핑 돌 정도로 아팠지만, 그보다 무참한 기분에 아들이 다시 이층으로 올라간 뒤에도 한참을 그대로 주저앉아 있었다.

"아가야."

어느 샌가 시어머니가 뭔가에 질려 버린 얼굴로 주저앉아 있는 그녀를 내려다보며 서 있었다.

그녀는 시어머니를 노려보았다.

"아가야… 니 아들래미가… 니 아들래미가…."

그녀는 용수철처럼 튀어 올라 풋볼 선수처럼 시어머니를 향해 질주했다. 서로 크게 부딪쳤는데 다행히 그녀와 시어머니의 몸이 떨어진 곳은 푹신한 가죽소파 위였다. 그녀는 시어머니 위에 맹수처럼 올라타 시어머니의 목을 두 손으로 잡았다. 시어머니는 하얗게 질린 얼굴로 그녀를 올려다보기만 했다. 그녀는 목을 잡은 손에 힘을 주기 시작했다. 짧은 순간에 삶과 죽음의 의미가 그녀를 스쳐 지나갔다.

'사람을 죽이기가 이렇게 쉽구나.'

그녀는 고개를 저으며 올라 탄 시어머니의 시든 몸에서 내려왔다. 그리고 시어머니의 겉옷을 야멸차게 잡고 현관문 쪽으로 시어머니를 질질 끌고 갔다. 현관문을 열자 캘리포니아의 차가운 초겨울 밤바람이 사정없이 뺨을 때렸다. 그녀는 시어머니를 밀어내다시피 문 밖으로 떠밀어 던지고는 현관문을 닫아 버렸다.

"아가야….."

현관문에 달린 세 개의 자물쇠를 모조리 걸어 잠그고 침실로 뛰어가는데, 그녀의 등 뒤로 마치 공포 영화의 한 장면처럼 시어머니의 목소리가 메아리처럼 퍼졌다. 그녀는 이불 속에 몸을 숨기고 귀를 막고는 있는 힘껏 울부짖었다.

—아아아악!

—아아아악!

　그녀가 운전하는 미니 밴 밖으로 팜스프링스가 30마일 남았
다는 표지판이 보였다. 미니 밴의 연료 게이지가 그녀에게 더 이
상 비명을 지를 시간이 없다는 듯 빨간불을 깜박였다. 시어머니
는 잠이 들었는지 눈을 감고 얌전히 뒷좌석에 앉아 있었다.

　경찰의 연락을 받고 LA 다운타운 7번가에 있는 경찰서에서
만난 시어머니의 모습은 집 밖으로 쫓겨난 지 사흘 만에 발견된
모습 치고는 깨끗해 보였다. 그녀는 괜히 노인을 학대 방치했다
는 오해를 불러일으키지 않기 위해 시어머니의 치매 진단서를
보여 주며 경찰관들 앞에서 자신도 놀랄 정도의 눈물 연기를 보
였다. 경찰관들도 환자 같은 퀭한 눈빛의 시어머니를 별다른 의
심 없이 그녀에게 인도했다.

　시어머니의 팔을 잡고 경찰서 복도를 걸어 나오며 그녀는 이
모든 것을 침착하게 해내는 자신이 무서웠다. 아마도 자신에게
내재된 이토록 무섭고 잔인한 성정(性情)을 시어머니가 일찌감치
간파하고 자신을 미워했는지도 모르겠다는 생각도 얼핏 스쳤다.

　전방에 주유소 표지판이 보였다. 그녀의 미니 밴은 그 표지
판을 따라 프리웨이에서 내려 주유소 안으로 들어갔다. 주유소
는 신용카드로 셀프 주유만 할 수 있게 해 놓은 상태였다. 그녀

는 운전석에서 내려 서둘러 입고 나온 남편의 롱코트 주머니를 뒤적여 지갑을 찾았다. 휘발유를 넣으려고 총같이 생긴 주유기를 잡았는데 마치 묵직한 남근의 촉감 같았다. 그녀는 차 안에 앉아 있는 시어머니를 노려보았다.

'시어머니만 아니었어도 우리 아들이 그런 줄 몰랐을 거야.'

'시어머니만 아니었어도….'

'시어머니만 아니었어도.'

너무 노려봐서 눈에 피가 한꺼번에 몰려서인지 갑자기 안압이 올라가며 어지러움이 느껴졌다. 그녀는 비틀거리며 미니 밴에 몸을 기댔다. 시뻘겋게 된 눈과 어울리지 않게 무색의 눈물이 흘러내렸다. 그녀가 서 있는 바닥에 눈물 떨어진 자국이 선명하게 새겨질 정도로 많은 양이었다.

시어머니가 없었다면 남편도 없었을 거고, 남편이 없으면 내가 그와 결혼하는 일도 없었을 테고, 결혼하지 않았으면 아들도 낳지 않았을 텐데….

모든 불행의 원인을 시어머니가 제공했다는 생각이 들자 오한이 전기처럼 찌릿하게 그녀의 몸을 휘감았다. 귀 끝에 피가 몰려 귓불까지 빨개지고 얼굴이 화끈거렸다. 어금니를 질끈 물자 볼의 근육들이 실룩거렸다. 그녀는 천천히 걸음을 옮겨 시어머니가 타고 있는 뒷좌석의 슬라이딩 도어로 다가가 있는 힘을 다

해 거칠게 문을 열어젖혔다. 문 여는 소리에 놀란 시어머니는 몸을 잔뜩 움츠린 토끼처럼 보였다. 그녀는 찬찬히 시어머니를 바라보았다. 캘리포니아 특유의 황량한 사막바람이 불었다.

"이제 내리세요. 다 왔어요. 도넛 먹으러 가요."

그녀의 말에 시어머니의 표정이 놀이공원에 들어가는 천진난만한 아이처럼 바뀌었다.

시어머니는 천천히 차에서 내려 주유소 안을 두리번거렸다. 그녀는 시어머니가 두리번거리는 동안 미니 밴의 슬라이드 도어를 닫고 주유기를 제자리에 가져다놓았다. 그녀는 잠시 시어머니의 뒷모습을 바라보았다. 그리고 시동을 걸고 뒤도 돌아보지 않고 주유소를 빠져나왔다.

프리웨이에 다시 오른 그녀의 미니 밴은 미친 듯이 LA 방향으로 질주했다. 속도계가 시속 100마일을 넘어섰지만 아무런 속도감을 느낄 수 없었다. 시어머니가 뒤에 앉아 있는 듯한 착각이 두려움과 함께 몰려왔다. 얼마나 달렸을까? 점점 커지는 죄책감이 그녀의 사고력을 사로잡자 온몸에 힘이 풀려 더 이상 운전을 할 수 없는 지경에 이르렀다. 그녀는 갓길에 차를 거칠게 세웠다. 핸들을 두 손으로 꼭 쥐자 오한이 밀려와 온몸이 부들부들 떨렸다.

―도나스는?

뒷자리에 있지도 않은 시어머니의 목소리가 환청으로 들렸다. 생전 겪어 보지 못한 인간적인 모멸감과 미움을 납득할 만한 이유 없이 자신에게 안겨 준 시어머니에게 이제 제대로 앙갚음을 했는데, 그런 내가 이토록 저주스럽다니… 그녀는 패닉 상태에 빠졌다.

그녀는 천천히 백미러를 통해 뒷좌석을 바라보았다.

그런데 놀랍게도 이틀 전 아들 방을 우연히 훔쳐본 그 광경이 다시 펼쳐졌다. 벌거벗은 흑인 남자의 근육질 몸 아래에서 신음하는 아들의 모습이 지금 바로 뒷좌석에 있는 것처럼 생생하게 보였다.

'안 돼.'

'안 돼.'

'안 돼.'

그녀는 눈을 감고 이 모든 것이 현실이 아니라고 자신을 세뇌했다.

★

그날 밤 현관문 밖으로 시어머니를 내몰고 나서 밤새 사라져 버린 시어머니의 실종신고를 했다. 조용해진 집안에 외로움이 밀려와 그녀는 아들이 있는 이층 방으로 올라갔다. 아들의 방으로 다가갈수록 이상한 소리가 들려 왔다. 그녀는 살금살금 다가가 문이 열려진 틈새로 아들의 방안을 들여다보게 되었다.

―아가야… 할 말이 있다. 니 아들래미가 말이다.

다시 그녀의 귓가에 시어머니의 가는 목소리가 들렸다. 징그러운 벌레를 털듯 그녀는 더 세게 도리질을 했다.

'아니야… 아니야… 시어머니만 아니었어도 우리 아들이 그런 줄 몰랐을 거야.'

그녀는 목에서 머리가 튕겨 나갈 정도로 심하게 도리질을 했다. 그녀는 그런 일이 매스컴에서만 일어나는, 자신과는 거리가 먼 이야기인 줄 알았다. 평소 그녀는 성적 기호와 상관없이 인권은 존중되어야 한다는 주장을 옹호해 왔다. 태어날 때부터 동성을 사랑하는 DNA를 가진 사람은 그대로 존중받고 보호되어야 한다고 생각했다. 그런데 막상 자신의 하나밖에 없는 아들에게 그런 일이 벌어지자 그녀는 거의 이성을 잃어버렸다. 자신이 직접 본 장면은 인권이고 뭐고 개입할 틈이 없었다. 그저 귀하게 키운 아들이 일방적으로 성적 폭행을 당하고 있는 범죄 장면으로 다가올 뿐이었다. 아들과 합의 하에 그 짓을 했다 해도, 아마도 아들이 공포에 질렸거나 이상한 약물로 인한 환각 상태에서 벌어진 타의에 의한 일임에 분명했다. 정상적인 부모라면 자식이 눈앞에서 강간당하는 장면을 목격하면 분명 자신과 같이 실성해 버릴 것이라고 그녀는 확신했다. 그녀는 아들과 통화를 해야겠다고 생각하고 거칠게 핸드백을 뒤졌다.

―뚜… 뚜… 뚜….

아들의 목소리를 열심히 추적하는 전화 신호소리가 너무 길게 느껴졌다.

―Hello?

잠이 덜 깬 듯한 아들의 목소리가 스마트폰 저편에서 들려왔다. 그녀는 아들의 목소리를 듣자마자 슬픔에 무너지듯 흐느꼈다. 아들은 아무 말도 않고 잠잠했다. 그녀는 안간힘을 내어 아들에게 물었다.

"너, 엄마한테 어쩜 이럴 수 있니?"

―….

"난 용납 못해."

―….

"난 절대로 받아들일 수 없어. 엄마를 택하든지 그놈을 택하든지 어서 지금 말해."

―….

"어서 말해 봐. 어떡할 거야?"

그녀는 거의 자포자기하는 심정으로 아들에게 매달렸다.

"너 정말 엄마를 버릴 거니?"

아들은 대답이 없었다.

"엄마를 버릴 거냐고!"

그녀는 스마트폰에 대고 절규했다.

아들은 긴 침묵 뒤에 침묵보다 더 무거운 소리로 말했다.

—I guess so….

그녀는 울었다. 아들이 자신을 버릴 수 있다고 하는 대답을 듣고 하늘이 무너지는 배신감에 하염없이 눈물을 흘렸다.

잠시 후, 그녀는 자신처럼 버려진 시어머니를 다시 찾아오기 위해 시동을 걸었다.

행콕팍보호소
살인 사건

열두 시간 전

코리아타운 윌셔 거리에 바람이 불었다.

바람 때문에 차창 밖으로 보이는 모든 것들이 한쪽으로 쏠려 보였다. 가로수의 나뭇가지도, 길을 걸어가는 사람들의 긴 머리도, 하나같이 성형 수술을 하라고 부추기는 깃발 모양의 광고판들도 모두 한쪽 방향만 가리키고 있었다. 어서 한쪽을 '선택'하라고 가르쳐 주는 것 같았다.

나는 폴 형사가 운전하는 차의 조수석에 앉아 차창 밖 풍경을 생경하게 바라보며 우리 인간이 살면서 참 많은 선택을 한다고 생각했다. 학교 전공, 결혼 상대, 직업 같은 굵직한 것들부터 자녀들의 크리스마스 선물 같은 사소한 것까지 인간은 한평생 무수한 선택을 하는 것이다.

'그런데 왜 인간은 범죄를 선택할까?'

'범죄를 선택할 수 있는 자유의지는 누가 준 것일까?'

'만약 그 자유의지를 조절할 수 있는 힘만 있다면 인간 사회에서 범죄가 사라질까?'

'모든 인간이 다 선하게 태어나는데, 선택할 수 있는 능력을 가진 인간이 죄를 '선택'해 악인이 되는 것이고, 모든 범죄 사건은 인간이 잘못 선택한 결과일까?'

그러고는 생뚱맞게 '선택의 여지가 없는' 내 머리 속에서 이런 생각들이 맴돌았다.

'그럼 지금 난 뭘 선택한 거지?'

"무슨 고민 있어?"

폴 형사는 시선을 운전하는 방향으로 고정시킨 채 내게 물었다.

"고민은 무슨… 없어. 고민 같은 건… 그냥 열두 시간 안에 사건이 해결되어야 한다는 부담감밖에 없어."

폴 형사는 듬직한 풋볼 선수를 연상시키는 동료였다. 나는 이런 사람을 좋아했다. 얼굴과 몸집에 자신의 인격이 그대로 반영되는 투명한 사람들을 좋아했다. 폴 형사는 스미스 박사와 파트너로 오랫동안 함께 수많은 사건을 수사했는데, 공교롭게도 이번 사건이 막 신고접수되었을 때쯤 만삭인 아내가 갑자기 다쳤다는 연락이 오는 바람에 내게 대신 사건을 맡아 달라고 부탁을 해 왔다.

"마누라가 임신을 하더니 정신이 나갔나. 그 몸으로 빅베어 꼭대기까지 가서 눈썰매는 왜 탔는지 도대체 알 수가 없네…."

사건 수사를 맡기게 된 것이 마음에 걸린 듯 폴 형사는 내 눈치를 살폈다. 신경을 쓰는 모습이 역력했다. 평소 날카로운 내 성격을 의식한 것 같았다. 나는 그의 어깨를 툭 치며 미안하면 나중에 코리아타운 단골 한식집에서 비빔밥이나 사라고 했지만, 폴 형사는 미안함을 쉽게 떨쳐 버리지 못하는 것 같았다. 큰 덩치에 어울리지 않게 안절부절 못하는 모습이 귀엽기까지 했다.

"스미스 박사가 다 잘 처리할 거야."

나는 폴 형사가 왜 그를 형사라 부르지 않고 박사라고 부르는지 물으려다 관뒀다. 사건에만 집중하기 위해 쓸데없는 질문은 하지 않기로 했다. 다시 내 표정을 곁눈질로 훔쳐본 뒤 폴 형사는 걱정스러운 목소리로 말했다.

"필요한 모든 정보는 머릿속으로 곧바로 입력될 텐데, 혹시 다른 사람들이 이상하게 생각할 수도 있어서 자네가 입고 있는 옷에 컴퓨터를 부착해 놨어."

귀여운 곰 같은 표정으로 떠드는 폴 형사의 모습에 나도 모르게 입가에 미소가 흘렀다. 열두 시간 전에는 감히 생각도 못한 미소였다. 맞다. 나는 미소를 택했다. 아니, 미소가 나를 택했나? 헷갈렸지만 시간이 흐를수록 안정을 찾는 것이 다행스럽다고 생각했다. 나는 차창 밖으로 뭔가를 선택하고 한쪽을 가리키는 미물들의 확신에 찬 '선택'을 부러운 눈으로 바라보았다.

"한국인들이 왜 그렇게 성형 수술에 집착하는 줄 알아?"

내가 성형 수술 광고판을 보고 있자 폴 형사는 이렇게 물었다. 대꾸를 하지 않자 그는 바로 말을 이었다.

"그건 그들 특유의 세이빙페이스(saving face, 체면) 문화 때문이야. 남들 눈에 비춰지는 모습으로만 자신의 정체성을 확인하려고 한단 말이야."

차는 코리아타운 곳곳에 서 있는 성형 수술 광고판의 숲을 지나 행콕팍 쪽을 향해 달려갔다.

열한 시간 50분 전

폴 형사에게 넘겨받은 사건은 나른한 토요일 오후, 코리아타운을 관할하는 LAPD 윌셔경찰서에 사건 제보가 들어오며 시작되었다. 사건은 '행콕파보호소'에서 일어났다. 행콕파보호소는 한인들 중 특별히 소아마비성 지적장애 환자 등 주로 지적장애 환자만 보호 수용하는 곳으로, 개소한 지 50년이 되었지만 경미한 사건 사고 하나 보고되지 않은 조용하고 아담한 시설의 보호소였다. 피살자는 보호소의 원장인 한국인 이민 2세 김득호였다. 그는 친삼촌에게 보호소를 인수받아 원장직을 맡아 왔는데, 갑작스레 참변을 당한 것이다.

오랜 형사생활 동안 수많은 살인 사건을 접했지만 이번처럼 전문적인 킬러의 솜씨는 드물었다. 감정반은 피해자가 온몸이 묶여 있다가 몸에 난 상처의 출혈로 인해 천천히 자연쇼크사했다고 말했다.

범행 현장은 원장실 안 응접실이었다. 김득호가 살해된 시간은 대략 밤 아홉 시 정도로, 그 시간 보호소 원생과 직원들은 원장실이 있는 건물에서 떨어진 동편 건물의 레크리에이션 방에서 단체로 TV를 보고 있었다. 사실 열다섯 명의 원생들은 일반적인 TV 시청이 불가능했지만, 원생들을 돌보며 힘들었던 일곱 명의 보호소 직원들이 하루의 스트레스를 풀기 위한 의례적인 단체 스케줄인 것 같았다.

김득호의 가족은 이렇다 할 특별한 점이 보이지 않는 평범한 사람들이었다. 그는 산타모니카 시티 칼리지 교수인 아내와의 사이에 일남일녀를 두고 있었다. 사건 당일 김득호를 제외한 모든 가족은 친척 돌잔치에 참석했다는 알리바이가 확인되어 가족들은 차츰 시간을 두고 진술을 받아도 될 것 같았다.

이번 '행콕팍보호소 살인 사건'의 유일한 목격자는 뇌성마비 환자 지니 리였다. 그녀는 김득호의 시신 옆에서 발견되었다. 지니 리를 담당하는 보호소 직원이 그녀를 찾아다니다가 그녀와 살해된 김득호를 발견하고 911에 신고한 것이다. 지니를 용의자라 하지 않고 목격자라 할 수밖에 없는 이유는 그가 남을 살해하기는커녕 제 몸 하나 가누기 힘들 정도의 1급 뇌성마비 환자였기 때문이다.

뇌성마비 환자지만 유일하게 살해 현장에 있었던 목격자이므로 혹시라도 진술을 받을 방법이 없을까 하는 생각에 나는 스미스 박사에게 화상전화를 걸었다. 미국 최고의 '뇌과학 수사대' 책임자답게 10분 간 사건 브리핑을 듣고 난 박사는 '양전자 방출 단층 촬영술'을 활용한 첨단 전기충격요법에 대해 말했다. 유아 정도의 정신연령을 가진 환자의 뇌를 자극해 극히 제한된 시간 동안 정상인의 뇌로 되돌릴 수 있다는 것이다.

"도대체 어떻게 뇌에 전기충격을 준다는 거죠?"

스미스 박사는 자신에 찬 목소리로 대답했다.

―심장 소생 전기충격과 같은 방법이지. 미세한 뇌세포 하나

하나에 전류가 흐르게 나노 선을 연결시키는 뇌 치료야.

"엄연히 말하면 치료는 아니죠?"

―그렇지. 충격 후 열두 시간 뒤에는 원래대로 돌아가니까.

"그래도 열두 시간 동안 정상인의 뇌로 있을 수 있다는 사실이 경이롭군요."

박사는 잠시 말을 멈추고 박사 앞에 있는 기계의 수많은 버튼과 회로들을 일일이 손가락으로 확인하듯 바라보다 말을 이었다.

―지적장애인의 뇌를 전기충격으로 열두 시간 동안 정상으로 돌려놔도 그 시간을 다 쓸 수 있는 건 아니야.

"그게 무슨 말씀입니까?"

이번 살인 사건의 유일한 목격자 지니 리의 뇌에 전기충격을 가해 정상인으로 돌린 뒤 곧바로 누가 김득호를 살해했는지 물어 보고 싶어 좀이 쑤시는 내게 스미스 박사의 말은 실망스럽기 그지없었다.

―살인을 목격한 지니란 여자가 선천적 지적장애라며….

"네, 그렇죠."

―선천적이라면… 언어능력 같은 커뮤니케이션 능력이 전무할 수도 있다는 말이겠지.

"그게 무슨 말씀입니까?"

─내 말은 그 여자의 뇌를 열두 시간 동안 정상적인 뇌로 만들어 놓는다고 해도 커뮤니케이션을 하기 위해서는 서로 이해할 수 있는 어떤 도구가 필요하다는 뜻이야. 다시 설명하자면, 주어진 열두 시간 안에 우리와 커뮤니케이션할 수 있는 언어능력을 그 여자에게 습득시켜 주어야 한다는 거지.

나는 입이 바짝 마르기 시작했다.

"그 모든 게 열두 시간 안에 가능할 방법이 있을까요?"

─언어능력을 가르쳐서 우리에게 필요한 목격 진술을 받아내기에는 턱없이 부족한 시간이지.

나는 물에서 구조되었는데 구명보트에 물이 새서 다시 물에 빠져드는 기분이었다.

─그런데 희망이 전혀 없는 건 아냐.

잠시 골똘히 생각하고 난 뒤 박사는 사뭇 진지한 얼굴로 말했다.

─예전에 김 픽(Kim Peek)이라는 자폐 환자가 있었어. 그의 이야기는 〈레인맨〉이라는 영화의 소재로도 쓰였는데, 소뇌에 문제가 있었지만 생후 16개월에서 20개월 사이에 그가 보여 준 기억력은 정말 놀라울 정도였다고 해. 아버지가 그에게 읽어 준 책 대부분을 기억했고, 그걸 다시 거꾸로 외우는 등의 능력을 보여 주었다지.

"천재군요!"

―한 시간 동안 읽은 책의 98퍼센트를 기억했고, 머리에 기억해서 불러낼 수 있는 책이 무려 1만 2천 권에 달했다고 하더군.

"그래서 하시려고 하는 말씀은?"

나는 박사를 재촉했다.

―그런 능력을 가진 사람들을 연구해 본 결과 오른쪽 측두엽이 발달하고 상대적으로 왼쪽 뇌가 손상돼 있다고 보고서가 전해 주고 있지.

"쉽게 말하자면…."

―쉽게 말하자면 이를 통해 우리가 유출해 낼 수 있는 가정은, 인간의 뇌가 보통 단기 기억에 저장했다가 장기 기억으로 넘어가는데 김 픽 같은 능력을 가진 사람은 특정 분야의 기억이 바로 장기 기억으로 넘어가는 게 아닌가 하는 점이지. 한마디로 손상된 왼쪽 뇌의 특정 부위가 장기 기억으로 들어가는 문인데, 그 문이 부서진 상태라서 그와 같은 능력을 보이는 게 아닐까 생각하는 거라고.

"잠깐만요…."

워낙 복잡한 걸 싫어하는 나는 그 자폐증 환자와 지니 리를 연결시켜 이해하게 해 달라고 박사에게 요구했다.

—지니 리란 여자의 뇌를 정상인으로 돌린 다음 오른쪽 측두엽과 왼쪽 뇌 부위에 자극을 주는 나노주파를 띄워 순식간에 천재로 만들어 보자는 거지.

나는 정말로 스미스 박사가 감탄스러웠다.

"박사님이야말로 천재십니다."

내가 감탄사를 터트려도 박사의 표정에는 아무 변화가 없었다.

—그래도 여전히 난관이 있을 거야. 그녀의 정신세계가 어떤지는 오직 신만이 알고 있을 테니.

박사의 냉소적인 말에도 아랑곳 않고 내 머리에는 온통 범인을 잡겠다는 생각으로 가득 찼다.

"걱정 마십시오. 제 예감이 좋은데요. 박사님 말씀대로 모든 것이 잘될 것 같습니다. 과학의 힘은 정말 대단하네요."

—과학의 힘이 대단하다고… 흠, 글쎄… 과학으로 인간을 알면 알수록 인간의 능력이 점점 초라해지는 이유는 도대체 뭔지 요새 통 모르겠단 말이야.

나는 더 이상 대꾸하지 않았다.

열한 시간 전

김득호를 죽인 범인을 잡는 건 이제 시간 문제다.

박사와의 통화를 마치고 나는 좀처럼 입가에서 미소를 뗄 수 없었다.

드르르르르.

옷에 달린 무선전화 단말기가 진동했다.

발신자가 '박사'라는 걸 확인하자마자 얼른 수신허가 버튼을 눌렀다.

"박사님?"

박사의 우락부락한 목소리는 내 말을 채 기다려 주지 않고 연달아 이어졌다.

―액정 스프레이 가지고 있지?

"물론입죠."

―그럼 지금 얼른 벽에 뿌려 봐. 동영상 하나 전송할 테니 봐 봐.

나는 액자나 가구가 없는 벽 한 면에 액정 스프레이를 뿌렸다. 그러자 벽에 32인치 액정 화면이 금세 만들어졌다.

"준비됐습니다."

약 3초 후, 액정 화면에 동영상 다운로드가 다 되었다는 신호가 나왔다.

"박사님, 이게 뭐죠?"

─묻지 말고 잘 들여다보기나 하라고.

박사의 호통에 나는 화면에 집중했다. 화면은 HD 나노 방식이었지만 조명이 전혀 없는 폐쇄회로의 카메라로 찍은 것이어서 동영상은 금방 눈에 들어오지 않았다.

"아니… 저건."

화면이 점점 눈에 익어 가며 두 사람이 나왔는데, 한 사람은 의자에 앉아 있고 다른 한 사람은 의자에 앉은 사람 앞에서 허리를 굽혀 무언가를 열심히 하고 있었다.

'뭘 하는 거지?'

나는 화면 안에 들어갈 기세로 자세히 들여다보았다. 두 사람 다 자신의 몸을 괴롭히며 즐거움을 느끼는 엽기적인 놀이를 즐기는 것 같았다.

"사람을 의자에 앉혀 놓고… 묶고 있는데… 묶는 사람은 여자인데요… 앉아 있는 사람은 남자고. 남자가 전혀 저항을 하지 않네요…."

카메라의 각도가 여자의 등 뒤로 향했기 때문에 여자가 누군지는 알 수 없었다. 그러나 여자 앞 의자에 앉은 남자의 얼굴은 선명하게 카메라에 담겨 있었다.

정수리까지 벗겨진 머리. 숱이 없는 긴 머리카락은 헝클어져 있고 옆으로 찢어진 눈은 뭔가 공포에 질린 빛이 서려 있었다. 입은 꾹 다물고 있지만 곧 폭발할 것 같은 비명이 입속에 가득 차 있는 듯 남자의 양 볼이 실룩거렸다.

"어?"

순간 화면이 암흑 속으로 사라졌다.

"동영상이 이게 다입니까?"

—젠장. 풀 버전 영화라도 되는 줄 알아?

"화면 안에 있는 사람들이 누구죠?"

—이 화면은 보호소 관리실에서 입수한 CCTV 파일에서 나온 거야.

"시간대가…."

—사건 추정 시간 여섯 시간 전이지.

"저 남자는 누구죠?"

나는 암흑으로 변한 액정 화면을 바라보며 고개를 갸우뚱했다.

—이런… 정말 모… 모르겠나?

박사는 흥분하면 말을 더듬었다.

'맞아. 저 남자는….'

내가 속으로 남자가 누군지 알아챈 순간 박사의 기차 화통 같은 고함소리가 내 귀를 때렸다.

　―김득호야! 죽은 김득호! 아직도 모르겠나?

　나는 침을 꿀꺽 한 번 삼키고 박사에게 물었다.

　"그럼… 김득호를 묶고 있는 여자는?"

　―지니 리야. 뇌성마비 환자 지니 리가 김득호를 묶었단 말이야.

열 시간 30분 전

　창문 밖으로 보이는 하늘은 정오인데도 안개가 자욱하게 낀 이상한 날이었다.

　"LA 한복판에 누가 영국 날씨를 수입해서 뿌려 놨나?"

　"영국은 가 보기나 한 것처럼 말하네…."

　꿀꿀해진 기분에 혼자 툭 내뱉듯이 한 말을 도박 중독자가 돈 채어 가듯 잽싸게 대꾸하며 박사가 다가왔다.

　"뭐 더 하실 말씀이 있었습니까? 바쁘신 것 같은데 사건 현장까지 다 오시고…."

　나는 약간 빈정대듯 박사에게 말했다.

　"이것 봐, 아무리 지금 과학이 발달했다고 해도 수사는 현장에서 직접 발로 뛰어 줘야 한다고."

박사는 숨이 가쁜지 헐떡였다. 만사 제쳐놓고 여기에 온 듯했다.

"그럼 이제 현장의 목격자인 뇌성마비 환자 지니 리의 뇌에 전기충격을 가해 취조할 필요는 없겠군요. CCTV에서 지니 리가 김득호를 묶는 것이 증명되었으니까요."

박사는 고개를 끄덕였다.

"맞아. CCTV 화면으로 보면 뇌성마비 환자 지니 리가 김득호를 죽인 범인인데, 열두 시간에 백만 불이나 하는 비용을 들여 범인을 정상인으로 만들어 봤자 자기는 안 죽였다는 말만 듣겠지. 아니면 뇌성마비 상태로 저지른 살인이니 자기는 죄가 없다고 하거나."

"그럼 지니 리가 꼼짝 달싹 못할 증거부터 찾는 것이 순서겠군요."

"그렇지."

"먼저 다른 사람들 알리바이부터 자세히 조사해 보죠."

"…"

박사는 복도 벽에 있는 긴 벤치로 가서 주저앉았다.

"왜 그러세요? 노환 때문에 이제 오래 일어서 있지도 못하세요?"

나는 농담조로 웃으며 말했다. 박사는 이제 내후년이면 육십이다. 나와 스무 살 차이가 난다. 박사는 아무 대꾸도 하지 않고 잠시 생각에 잠겼다 .

"어? 제 말에 상처 받으셨어요? 왜 아무 말씀도 안 하세요?"

"정신도 올바르지 않아 자기 몸도 가누지 못하는 여자가 어떻게 사람을 죽일 수 있었을까? 그리고 왜 죽였을까?"

"조금 전 제가 말씀드린 대로 다른 사람들 알리바이부터 천천히 조사해 보죠. 지니 리를 제외한 보호소 안 다른 모든 사람들 알리바이가 밝혀지면 지니 리에 관한 의문이 자연스럽게 해결될지도 몰라요."

박사는 내 말에 수긍하는 눈빛을 보냈다. 박사는 미궁에 빠진 사건 해결하는 것을 정말로 좋아했다. 좀 어려워 보이는 수사 현장에는 어김없이 나타나 추리하는 것을 즐겼다.

'누구부터 조사를 시작하지?'

잠시 긴 침묵이 흘렀다.

"박사님, 보호소에는 원생 열다섯 명에 직원 일곱 명 해서 총 스물두 명의 사람이 있었다고 합니다."

내가 침묵을 깨고 박사에게 말했다.

"그래서?"

박사는 나를 바라보았다.

"다 지적장애인이고 정상인은 일곱 명뿐이죠."

"사건이 일어난 시간 지니 리를 제외한 스물한 명의 사람들이 모두 다 레크리에이션 방에 있었다고. 스물한 명의 알리바이가 한 방에 처리된 거야."

"사실 김득호를 죽일 만한 동기를 가질 사람은 지니 리 같은 뇌성마비 환자보단 정상인인 일곱 명 중에 있겠죠. 그들 중 하나가 지니 리를 시켜 김득호를 죽이게 했을 수도 있지 않을까요?"

"일단 직원들 범죄기록은 없는지 신상명세부터 조사해 봐."

나는 옷소매에 달린 컴퓨터를 켜고 행콕콱보호소의 데이터베이스에 접속해 직원들 신상명세서를 열어 보았다. 잠시 그들의 신상 기록을 살펴보다가 나는 눈에 띄는 공통점을 발견했다.

"아니, 다들 시각장애인인데요!"

"뭐?"

"일곱 명이 다 앞을 못 보는 사람들이라고요!"

"김득호 원장이 일부러 그렇게 뽑았다고 적혀 있는데요."

"지적장애인을 시각장애인이 어떻게 돌본다는 거지?"

박사는 고개를 흔들면서 동력점퍼재킷(류머티즘 같은 관절염이 있는 사람들이 정상적인 활동을 할 수 있도록 해 주는 보조근육이 들어 있는 의료 재킷)의 윗주머니를 뒤적거렸다. 잎담배를 찾는 모양이었다.

박사는 6주 전에 금연을 선언했다. 물론 사건이 한가할 때의 결심이다.

열 시간 전

"김득호는 무척 카리스마가 있는 사람 같아 보여. 보호소를 자신의 성역으로 만들어 놨어."

보호소의 메인 컴퓨터 데이터베이스를 이리저리 조사하던 박사가 말했다.

"원생 열다섯 명과 시각장애인 직원 일곱 명은 그의 말이라면 꼼짝도 못하고 따랐던 것 같아. 도우미까지 앞을 볼 수 없는 사람들로 뽑은 건 자신이 모든 걸 컨트롤하기 위해서 아니었을까 생각하는데…."

박사는 잎담배 통을 발견할 수 없었는지 입맛을 쩝쩝 다시는 소리를 내기 시작했다. 박사가 초조해지면 나오는 버릇이었다.

나와 박사가 서 있는 곳의 로비 벽에는 컴퓨터 키보드가 대롱거리며 매달려 있었다. 요즘 컴퓨터는 물에 세척할 수 있는 재질로 만들어졌는데, 키보드의 병균을 살균하기 위해서라지만 저렇게 세척해서 매달아 놓는 게 과연 얼마나 효과가 있을까 나는 생각했다. 병균은 언제나 돌연변이를 통해 더 강력해진다. 세척한다고 사라지지 않는다. 병에 걸리지 않도록 면역력을 기르는 것이 더 중요하다. 범죄도 마찬가지다. 범죄도 병균처럼 갈수록 악랄해진다. 범죄를 막는 면역성은 범죄를 선택하지 않도록 하는 환경을 만들어 주는 것이다.

"그럼 박사님은 이번 살인 사건이 누군가가 독재자 같은 김득호에게 앙심을 품고 저지른 거라고 생각하십니까?"

"그렇게 생각하고 수사를 하는 것이 좋겠지. 장애가 있는 사람들은 보통 사람들보다 더 상처받기 쉽거든. 평상시 김득호에게 앙심을 품고 있던 보호소 안 인물이 지니 리를 통해 그를 살해했을 확률이 높아."

"정황으로 봐서는 김득호를 살해할 수 있을 정도로 정상인 못지않은 지각을 가진 사람이어야 하는데… 다들 장님이고 지적장애니… 그것 참."

"그럼 남는 건 김득호의 가족들뿐이야. 살해당했을 때 모두 집을 비웠다는 게 수상하군."

나는 수첩을 꺼내 '김득호의 가족'이라고 적었다. 적고 나서 이 정도는 기억할 수 있는데 왜 수첩에 적었을까 싶었다. 내가 뭔가에 얼이 빠져 있나? 처음엔 사건 해결이 무척 쉬워 보였는데, 시간이 지나며 점점 미궁에 빠지는 느낌이었다.

"그나저나 김득호는 왜 이런 장애인 수용 보호소를 운영하게 되었죠? 인상을 보면 이런 일과 전혀 어울리지 않는 것 같은데…"

"김득호는 미국에서 태어났어도 한인 이민자야. 어쨌거나 주류 사회와는 거리를 두고 살았겠지. 김득호가 장애인 복지에 관심이 있어서 이런 일을 택한 게 아니라 아마도 친척이나 가족에게 물려받은 게 아닌가 싶어. 재미 한인들은 인간관계의 폭이 무척 좁거든. 다들 친척이나 가족 중심으로 이민생활을 해 나가지."

"맞아요, 김득호는 이 보호소를 친삼촌에게 물려받았다고 합니다. 저도 코리아타운에서 한인에게 범죄가 발생하면 먼저 가족이나 주위 친인척부터 조사하죠."

"그런데 요즘 한인들이 다시 한국으로 역이민 가는 게 유행이더군."

"왜 이민을 왔다가 다시 가는 거죠?"

"다른 민족들은 자국에서보다 더 나은 삶을 살기 위해 이민을 선택하는데 비해 한인들은 대개 '자녀 교육' 때문에 미국에 왔다고 말하지."

"자녀 교육요?"

"응, 자녀 교육. 아마 특별히 다른 이유가 없어서 대강 그렇게 말하는 게 아닌가도 생각하는데, 하여튼 그러다가 자녀들이 다 크고 자신은 나이 들어 병이 생기면 의료비도 저렴하고 말도 잘 통하는 고국이 그리워지겠지. 그래서 역이민을 가는 것 같아. 평상시 미국 주류 사회와는 교류가 없으니 별 미련도 없이 더 쉽게 떠날 수 있겠지.”

“예전에 한국에서 이민 온 친구가 한국은 재미있는 지옥이고 미국은 재미없는 천국이라고 말한 적이 있는데, 너무 심심해 우울증에 빠져 자살하느니 차라리 재미있는 지옥으로 역이민을 하는 편이 한국인에겐 나을 수도 있겠어요. 물론 이젠 이 땅도 재미없는 천국의 모습은 아니죠.”

“천국 지옥 해서 말인데, 자네는 매일 이런 지옥 같은 데 살다 보니 이게 다인가 생각하는 모양인데… 나는 정말 천국이라는 곳에 단 1분이라도 머무르고 싶어. 그런 곳에 역이민… 아니 이민 가고 싶어.”

직업상 범죄 구덩이에서 뒹굴다 보니 정말 박사의 말대로 지옥이 따로 없었다. 가끔 이런 세상의 반대 같은 천국이라는 곳이 혹 존재하지 않을까 하는 생각도 들었다. 예전에는 미국에서 기독교인이라고 하면 시대에 뒤떨어지거나 덜떨어진 사람으로 취급받았다. 그런데 이 천 몇 년도인가, 정확히 기억나지는 않지만 샌프란시스코에서 발생한 ‘성경책 폭탄 테러’ 사건으로 수많은 사람이 목숨을 잃은 적이 있다.

'성경책 폭탄 테러' 사건은 중동의 테러리스트들이 주위 온도에 민감하게 반응하는 다이너마이트 정도의 폭발력을 가진 종이폭탄을 제조해서 그것으로 성경책을 제작해 샌프란시스코 시내에 대량 살포한 사건이다. 당시 정부는 긴급히 모든 성경책을 회수했지만 기독교인들의 반발이 커서 완진한 회수가 불가능했다. 결국 샌프란시스코 곳곳에서 연쇄 폭발이 일어나 9 · 11 테러 이후 최대의 사상자를 낸 사건으로 기록되었다.

테러는 언제나 최소의 폭력으로 최대의 혼란을 일으키는 것이 목적이다. 테러리스트들은 정확히 그 목적을 이루었다. 성경책 폭탄으로 패닉 상태에 빠져 버린 미국 정부는 어처구니없게도 TV를 통해 테러리스트들에게 항복하는 성명을 발표했다. 많은 미국인들이 분개했지만 그때 미국 정부는 한술 더 떠서 국내의 기독교 교회와 단체의 성경을 정부 차원에서 관리하고자 하는 '성경종량제'를 선포했다. 폭탄일지도 모르는 성경책을 회수하기 위해서라고 했지만 한 종교의 경전을 정부의 통제 아래 두는 종교탄압정책 같아 보였다.

미국 내의 모든 성경책을 정부가 회수해 가고 허락받은 성경책만 보라고 하니 기독교계는 물론 비기독교인들도 '종교의 자유'에 위배된다고 시위를 했다. 그러나 정부는 막무가내였다. 성경종량제를 거부하는 기독교인은 차례로 검거되었고 점점 기독교를 박해하는 분위기가 미국 내에 팽배해졌다. 그래서 종교가 대부분 기독교였던 많은 한인 이민자들이 '종교의 자유'를 찾아 한국으로 역이민을 택하기도 했다.

아홉 시간 15분 전

"그런데 폴 형사는 어디 있어?"

"마누라가 임신했는데 눈썰매인가 뭔가 타다가 다친 모양입니다. 이 사건 접수되고 나서 저랑 같이 여기까지 왔다가 바로 들어갔어요. 사람은 하지 말라면 더 하잖아요. 조심해야 되는데 6개월 전까지는…."

순간 박사가 벤치에서 용수철처럼 튀어 올라 내 앞에 섰다.

"자네 방금 뭐라 그랬지?"

"폴 형사 마누라가 임신을 했는데 다쳤다고요."

"아니 그다음에…."

"예?"

"그다음 무슨 말을 했냐니까?"

"사람은 하지 말라면 더 한다고…."

나를 다그치던 박사의 입 주위에 미소가 떠올랐다.

"그럼 그렇지… 사람은 언제나 하지 말라는 걸 선택하지. 다른 좋은 선택이 있음에도 말이야."

"그게 무슨 말씀이죠?"

"당장 살해 현장으로 가자."

어리둥절해 하는 나를 두고 박사는 복도 속으로 사라졌다.

아홉 시간 13분 전

박사는 현장 수사를 무척 좋아했다. 사무실에서 앉아 3차원 입체부양 영상에서 보여 주는 사건 현장을 별로 좋아하지 않았다. 이유는 '범행의 냄새'를 맡을 수가 없어서라고 박사는 말했다.

범행의 냄새가 무엇일까? 여름철에 내다놓은 쓰레기 썩는 냄새? 오랫동안 씻지 않은 인간의 체취? 아무리 머리로 온갖 역겨운 냄새의 기억을 꺼내 봐도 범행의 냄새가 무엇인지 나는 알 수 없었다. 없어야 할 곳에서 풍기는 이상한 냄새가 아마도 범행의 냄새가 아닐까 생각하고 있는데 박사가 내 등을 손바닥으로 탁 쳤다.

"무슨 생각하고 있어?"

"그냥 박사님이 뭘 추리할까 생각하고 있었죠."

나는 얼굴을 붉히며 뒤통수를 긁었다.

"문은 안으로 잠겨 있어 아무도 출입하지 못하게 돼 있고, 사무실에는 뇌성마비 환자인 지니 리와 원장 김득호만 있었어."

박사는 김득호의 시체가 있었던 가죽 의자를 가리켰다. 가죽 의자의 손잡이 부분에는 엄청난 양의 피가 말라 붙어 있었다.

"역시 하지 말라고 하면 더 하는 것이 사람의 마음이라는 자네 말이 맞네."

"네?"

"김득호는 자살한 것 같아."

"자살이라고요? 타살이 아니고?"

"자살이 아니고서야 이런 의자에 손이 묶여 가만히 있을 수는 없지. 팔이 묶여 있었다고 해도 이런 의자는 조금만 격렬하게 흔들어도 옆으로 넘어질 거야."

"그러네요. 의자가 가벼워서 팔이 묶여서도 일어나 걸어 다닐 수도 있겠는걸요."

나는 의자를 흔들어 보았다. 끼익 쇠붙이 소리가 났다.

"그런데 자살을 남이 보는 앞에서 하는 사람도 있나요? 밀폐된 이 방에는 그래도 지니 리가 있었잖아요."

"그 여잔 정상인이 아니야."

"김득호는 왜 이렇게 자살을 했을까요?"

"그래서 내가 자네 말에 다시 여기 오게 된 거야. 사람은 하지 말라고 하면 더 하려는 청개구리 심보를 가졌다는 말에 말이야. 나는 김득호가 결코 자살할 수 없는 상황이라서 자살했다고 생각해. 빨리 검시과에 연락해서 정확한 사인이나 알아 보라고. 이건 자살이 분명해."

박사의 확신에 찬 목소리에 방이 떠나갈 것 같았다. 나는 옷에 부착된 무선전화로 검시과에 전화를 걸었다.

"김득호 검시 결과 어떻게 됐어?"

무선전화의 화면에 검시과의 피터가 떠오르자마자 박사는 다시 떠나갈 듯한 목소리로 외쳤다.

—아이 깜짝이야… 소리는 왜 질러?

피터와 박사는 단짝이었다.

"김득호 검시 결과 안 나왔어? 어쭈, 시간이 남아도는 모양이지 담배나 피우고…."

화면 속 피터의 손에 담배가 들려 있는 걸 발견한 박사는 좀 전보다 더 큰 소리로 말했다.

—정말 귀가 멍해지네. 아, 내가 자네같이 발암물질 내뱉는 담배를 피우는 줄 아나? 이건 산소담배라고! 피우면 산소가 나

오는 담배….

산소담배는 니코틴담배와는 달리 피우면 산소(O_2)가 발생하는 친환경 담배로 재미 한인이 개발한 담배였다. 기존 담배보다 맛은 없지만 요즘 한참 각광받는 환경보호 기호품이었다. 담배에서 발생하는 산소는 발화되지 않게 특수처리까지 돼 있어, 인간의 나쁜 습관이 인류에 공헌하게 된 창조품이 바로 이 산소담배가 아닌가 나는 생각했다. 인류는 여기까지 오는 데 얼마나 열심히 세상을 파괴해 왔는지… 환경도 자기 자신도.

여덟 시간 15분 전

―김득호는 손목의 동맥을 끊어 과다출혈사 한 것 같아.

"난 자살로 보는데… 자네 생각은?"

피터는 산소담배를 입에 물고 연거푸 연기를 뿜었다. 가는 눈이 더 가늘어졌다.

―나도 많은 시체를 접해 봤지만 이 사람처럼 깨끗한 상태도 드물어… 그어진 손목의 상처 외에는….

피터는 눈동자가 거의 사라질 정도로 눈을 더욱 가늘게 떴다. 나는 박사의 손에 들린 무선전화기를 얼른 빼앗아 피터에게 물었다.

"전혀 저항을 하지 않았다는 사실만으로 자살이라고 단정하는 건 좀 위험하지 않습니까?"

—모든 사람들에겐 죽기 전 무의식 단계가 짧게라도 있다고. 이 바닥 경험상 김득호의 부검 결과는 자살 가능성이 가장 높아. 제기랄, 난 자살하는 인간이 제일 싫더라. 해부하는 재미가 하나도 없거들랑.

재미?

해부에서 재미를 느낀다는 피터의 말에 소름이 끼쳤다.

전화를 끊고 박사를 바라보았다. 박사는 김득호가 자살한 것이 분명하다고 생각하면서도 뭔가 더 찾을 것이 있는 듯 찬찬히 사무실을 둘러보았다. 나는 전화기를 옷에 집어넣고 박사에게 다가갔다. 사무실 벽면은 보호소의 전체 분위기와는 전혀 다른 핑크색이었다. 유치하거나 촌스런 핑크색의 선입관을 교묘하게 빠져나간, 계속 들여다보면 기분이 묘해지는 색이었다.

'핑크 계열 색을 좋아하면 성격이 어떻다고 하더라?'

갑자기 궁금증이 일었다. 남자 치고는 꽤 특이한 취향 아닌가. 벽면을 살펴보니 페인트프린트한 지 그리 오래돼 보이지 않았다. 요즘은 벽에 페인트 붓으로 칠하는 게 아니라 종이처럼 얇은 모니터 스크린을 붙여 원하는 벽 색깔을 나타내는 시공 기술이 유행인데, 이것 역시 재미 한국인이 개발했다고 한다. 스크린 사이의 이음새를 보니 분명 최근에 한 것이 분명했다. 이 시공은 벽 색깔을 기분에 맞춰 원하는 대로 쉽게 바꿀 수 있다는 장점은 있지만 못질을 해서 그림을 걸거나 따로 장식을 하는 건 불가능했다. 그래서 영화처럼 프로젝터로 벽에 그림을 쏘아 주는 방식이 생겨났는데, 살인 사건이 벌어진 장소라 누가 프로젝터를 꺼 놓은 모양이었다.

나는 김득호의 사무실 구석에 있는 개인 책상으로 다가가 컴퓨터를 켜 볼 생각이었다. 먼저 경찰서의 사이버 형사에게 전화를 걸었다.

"여보세요? 나야. 지금 행콕팍보호소 살인 사건 현장에 와 있는데, 피해자 컴퓨터로 들어가서 그 속에 든 기본 정보를 지금 바로 나한테 다운로드해 줘."

─특별히 알고 싶은 게 있으세요?

"아니, 그 아직은… 자, 컴퓨터 등록 일련번호를 알려 주지. 34wsa123sewtop."

나는 몸을 숙여 컴퓨터 본체 뒷면에 붙어 있는 일련번호를 불러 주었다.

─잠시만 기다리세요.

나는 사실 이 사이버 형사의 목소리가 마음에 들지 않았다.

부드러운 여성의 목소리면 좋았을 텐데, 미소년의 음색으로 프로그램되어 있었다.

─다 되었습니다. 바로 다운로드해 드릴까요?

"그 전에 뭐 특별한 점은 없어?"

─아바타 아내가 네 명이나 있네요.

"아바타 아내?"

─온라인에서는 결혼 횟수가 무제한인 거 아시죠? 그런데 한꺼번에 네 명은 좀 많군요.

아바타 아내 또는 아바타 남편은 사이버 상에서 이성이나 동성과 결혼해 생활하는 인기 사이트에서 결혼 상대자를 지칭하는 말이다.

요즘 한창 사회적 물의를 빚는 사이버 결혼에 대해 모르는 게 아니었다. 사이버 결혼생활에 지나치게 몰입하는 유부남이나 유부녀들 때문에 정부가 '사이버 간통죄' 입법까지 추진한다는 소문이 있었다. 현실의 결혼생활과 별개로 자신이 원하는 상대와 사이버 결혼식을 올리고 신혼생활을 하는 재미가 얼마나 중독성이 강한지, 그런 '사이버 불륜'에 빠진 사람이 내 주위에도 수두룩했다.

자극적이고도 은밀한 모든 하이테크 방법이 동원되는 사이버 결혼생활은 한번 발을 디디면 좀처럼 빠져나오지 못해 폐인이 되기 십상이라는데, 아내를 네 명까지 두었다고 하니 죽은 김득호는 참 대단하다는 생각이 들었다.

일곱 시간 5분 전

"김득호가 그 정도로 아바타 결혼생활에 몰두했으면 가족들과는 당연히 사이가 좋지 않았겠군."

"이제 가족들을 만나봐야겠군요."

나는 옷에 달린 컴퓨터로 김득호 가족들의 현재위치추적 신호를 넣었다.

"아바타 아내라…."

"왜 그러십니까?"

나는 박사의 표정을 살폈다.

"혹시… 박사님, 김득호가 보호소의 직원과 사이버 상에서 결혼관계를 유지했을지도 모른다고 생각하시는 것 아닙니까?"

박사는 대답 대신 미소를 지었다.

나는 다시 컴퓨터를 연결해 직원들 중 컴퓨터를 다룰 수 있는 이들을 추려 내라는 명령을 입력했다. 시각장애인도 오디오로 웹 서핑 정도는 충분히 할 수 있는 세상이다. 그리고 사무실을 찬찬히 둘러보았다. 살인 사건이 일어나서일까? 뭔가 야릇하고도 깊은 암흑 같은 고독이 사무실 전체에 흐르고 있는 것 같았다. 자살이든 타살이든 시체가 머물던 공간에는 시체가 치워지고 난 뒤에도 어김없이 말로 표현할 수 없는 그 무엇이 공간 전체를 메우고 있었다. 나는 그것을 '혼'이나 '영'으로 생각했다. 그 '영'과 '혼'이 공간과 시간의 제약이 없는 곳에서 어떤 질서를 유지하고 살려면 반드시 '신' 같은 절대자의 관리를 받지 않을까 막연히 생각해 보았다. 나의 오감을 벗어나 본능으로 느껴지는 그 신비한 기운은 사인을 알 수 없어도 어느 시체에서건 나왔다. 이유 없는 죽음은 절대로 없었다. 이 말은 곧 이 세상의 모든 탄생과 삶에도 반드시 이유가 있다는 뜻이다.

박사는 의자에 앉아 손으로 턱을 괴고 깊은 생각에 빠져 있었다. 나는 한쪽 구석에 놓인 미니 냉장고의 문을 열어 보았다. 냉장고에는 신선한 공기를 마실 수 있는 천연 산소통과 생수병, 그리고 비타민제가 수두룩하게 들어 있었다. 나는 비타민제 통 하나를 꺼내 살펴보았다. 손으로 비타민제 통을 쥐자 비타민의 '영양 정보'가 통에 새겨진 스크린에 나타나기 시작했다.

"박사님! 이것 좀 보세요. 이거, 자살할 사람 치고는 너무 건강을 챙긴 것 아닙니까? 여기 영양 정보를 보세요."

나는 비타민 통을 박사의 눈앞에 내밀었다.

바로 그 순간,

— 으아아아아아아아아아아아아악….

비타민 통을 들고 있던 나와 박사는 단말마의 비명소리에 모든 동작을 멈추었다.

"뭐야?"

나와 박사는 동시에 김득호의 사무실 문을 열고 복도로 나와 두리번거렸다. 나는 얼른 소매에서 행콕팍보호소 도면을 찾아 비명소리가 들리는 쪽으로 사운드 디텍터를 걸었다.

"박사님, 비명소리가 저쪽 복도 끝 환자 병동에서 울린 것 같은데요."

순식간에 복도에는 보호소 곳곳에 있던 형사와 경찰대원들이 몰려들었다.

여섯 시간 35분 전

"뭐야?"

"뭐지?"

나는 만약을 대비해 권총을 꺼내 들었다.

"여자가 쓰러졌는데요."

박차고 들어간 문 안에는 쾌쾌한 냄새가 가득했다. 세 평 남 짓한 방 중앙의 위쪽에는 작은 창문이 있었는데 쇠창살이 박혀 있었다. 벽에는 소나기 오기 전 짙게 찌푸린 하늘 같은 색의 페 인트가 칠해져 있었고 바닥에는 정확히 무엇인지 알 수 없는 걸 쭉한 노폐물이 널려 있었다.

나는 앞서 도착한 경찰대원들 틈을 지나 바닥에 쓰러져 비명 을 지르는 여자에게 다가갔다. 얼굴을 바닥으로 향하고 엎어져 있는 여자는 간질발작을 일으킨 사람처럼 온몸을 흔들어 대고 있었다. 심하게 엉킨 머리카락은 오랫동안 감지 않았는지 역겨 운 냄새가 났으며 지저분한 환자복을 입고 있었다.

"왜 그래?"

뒤따라온 박사가 방 안에 들어찬 경찰대원들 틈을 힘겹게 헤 쳐 나오며 물었다.

"모르겠는데요. 어라?"

순간 여자는 허우적거리다가 동작을 멈추었다.

— *끄*아아아아아아아.

그러더니 기름칠을 전혀 하지 않은 쇠톱니바퀴 두 개가 거칠 게 맞물리며 나는 소리와 같은 비명을 지르기 시작했다. 나는 여 자의 끔찍한 비명소리를 참을 수 없어 두 손으로 귀를 막았다.

"저 여자, 제정신이 아닌 것 같은데…."

"뭐 좀 어떻게 해 봐. 곧 숨넘어갈 것 같아."

방 안의 대원들은 제각기 한마디씩 했지만 정작 아무도 그 여자에게 다가서지 못하고 어정쩡하게 서 있었다.

"비켜 봐요!"

방 안의 모든 사람들이 소리가 나는 쪽으로 고개를 돌렸다. 거기에는 행콕팍보호소 마크가 새겨진 유니폼을 입은 한 여자가 입체 눈동자가 새겨진 시각장애인용 특수 고글을 쓰고 서 있었다. 특수 고글에서 나온 광선은 이리저리 스캔을 하며 혹시라도 다른 사람과 부딪치지 않게 경고신호를 주었다.

"지금 쓰러진 분은 저희 보호소 원생입니다. 기도가 막혀 숨을 쉴 수 없어 괴로운 모양인데, 누가 좀 일으켜 세워 주세요!"

여자의 목소리는 무척 애절하면서도 명령하듯 절도가 있었다.

경찰대원 한 명과 내가 얼른 엎어진 원생의 몸을 일으켰다. 정말로 곧 숨이 넘어갈 뻔 했는지 손을 대자 내가 휘청거릴 정도로 무시무시한 힘으로 내 컴퓨터 재킷의 옷소매를 꽉 붙들었다.

―헉헉….

여자를 일으켜 세우자 죽을 고비를 넘긴 듯 세차게 숨을 내쉬었다. 어느 샌가 시각장애인으로 보이는 여인이 일으켜진 여자 옆으로 다가와 조심스럽게 머리를 감아 앉고 안심시키기 시작했다.

"괜찮아요. 이제 됐어요, 지니 씨…."

"지니?"

"왜 그러시죠?"

시각장애인 여인은 작은 내 목소리에도 무척 민감하게 반응하는 것 같았다.

"아, 그러니까 저는…."

나는 반사적으로 재킷 안주머니에서 형사 신분증을 꺼내 그녀의 눈앞에 가져갔다. 순간 나는 그 보호소 직원이 앞을 보지 못한다는 사실을 깨닫고 형사 신분증을 재빨리 안주머니에 다시 넣었다. 난감해 하는 내게 보호소 직원은 담담하게 말했다.

"형사인 것 압니다."

나중에 안 사실이지만 그녀의 특수 고글에는 신분증에 새겨진 바코드를 읽어 음성으로 정보를 제공해 주는 기능이 있었다.

"그런데 이 보호소에는 한시도 눈을 뗄 수 없는 뇌성마비 원생이 대부분인데, 수사하신다고 저희 직원과 원생들을 격리시키니 이런 일이 벌어지는 것 아니겠어요?"

보호소 직원은 꾸짖는 듯한 목소리로 내게 말했다.

"…죄송합니다."

나는 얼떨결에 꾸중 듣는 아이처럼 고개를 숙이고 사과했다.

'내가 남의 귀인이 되어 주지 않고 어떻게 길 떠난 내 자식이 귀인을 만나기 바라랴.'

보호소 직원이 입고 있는 티셔츠 가슴 부분의 LCD 스크린에 이런 문장이 지나갔다. 보호소 직원은 지니 리를 무척 위하는 것처럼 보였다. 지니 리는 보호소 직원의 품이 친숙한지 그새 안정을 되찾고 천천히 고르게 숨 쉬고 있었다. 지니 리의 환자복 등쪽 스크린에 '감사합니다'라는 단어가 떠올랐다.

"많이 놀란 모양이군요."

박사가 지니 리를 안고 있는 보호소 직원에게 말했다. 정신없는 상황이 어느 정도 정리되자 신기하게도 그때부터 참을 수 없는 악취가 내 코를 자극했다. 나중에 들은 이야기지만 나머지 열네 명의 원생들 방도 그렇게 악취를 풍길 정도로 더러웠다고 한다.

피해자 김득호가 조금이라도 원생들을 위하는 마음을 갖고 행콕팍보호소를 운영했을까 의구심이 피어올랐다. 뭔가 다른 이익을 노리고 보호소를 맡지 않았을까 하는 의심은 나뿐 아니라 원생들이 머무는 지저분한 숙소를 목격한 이라면 누구라도 했을 것이다.

김득호가 온라인에서 아바타 아내를 넷씩이나 둔 것은 사실

보통 일이 아니다. 현실 세계에서 바람을 피는 것과는 또 차원이 다른 이야기지만, 한 명의 아바타 아내를 만족시키기도 어렵다는데 네 명씩이나⋯. 어느 민족보다 배타적인 재미 한인들의 인터넷 중독은 어제 오늘의 일이 아닌 모양이다.

여섯 시간 전

"뭐해? 공중부양 의자 없어?"

박사의 무뚝뚝한 고함에 나는 입고 있던 카고 바지의 왼쪽 주머니에서 공중부양 물질을 꺼냈다. 양손으로 물질의 끝을 손으로 누르자 물질이 공중에 뜨기 시작했다. 나는 다시 손으로 공중에 떠 있는 물질을 의자 모양으로 만들어 지니 리와 옆에 서 있는 보호소 직원을 향해 밀었다.

"자, 앉으세요 일단."

"지니가 많이 놀란 것 같아 먼저 휴게실로 가서 안정을 취했으면 하는데요."

박사와 나는 약간 화가 난 듯한 목소리로 말하는 보호소 직원을 바라보았다. 시각장애인이긴 하지만 그 미모와 몸매가 대단하다고 생각했다. 나이는 20대 중반에서 30대 초반으로 보였는데 입고 있는 LCD 스크린 셔츠는 유행이 지나도 한참 지난 스타일이었다. 요즘 스크린 셔츠는 컬러 화면이 나오는데 그녀가 입은 셔츠는 글자와 간단한 흑백 그림만 나오는 5년 전 버전이었다. 그녀의 외모가 너무 튀어서 유행 지난 옷을 입은 그녀에게 동정심이 유발될 정도였다.

"질문이 길지 않을 겁니다. 의자에 지니 씨와 앉으시죠."

보호소 직원은 잠시 망설이는 것 같았다. 그러더니 자신의 바지에서 컴퓨터 코드를 몇 가닥 꺼내 지니 리가 입고 있는 셔츠에 플러그인 시켰다. 그러자 지니 리는 웃는 얼굴을 하더니 편안하게 공중부양 의자에 몸을 기댔다.

"이름이 어떻게 되십니까?"

"희 킴이라고 합니다."

유창한 영어로 희 킴은 대답했다. 희 킴도 미국에서 태어난 한인 2세 같았다. 나는 옷소매에 '행콕파보호소 직원 희 킴'이라고 입력해 윌셔경찰서 데이터베이스에 신원조회를 부탁했다.

"희 킴? 아름다운 얼굴에 아름다운 이름이군요."

동양적인 것이라면 무조건 아름답고 신비하게 생각하는 전형적인 백인 나로서는 정말 그녀의 이름도 귀엽게 들렸다.

그러나 그녀는 나의 칭찬에 아무 반응도 보이지 않았다.

'무뚝뚝하군…'

나는 다시 희 킴을 바라보았다.

"죄송합니다. 제가 워낙 표현력이 부족해 놔서. 그건 그렇고 여기 보호소에서 일한 지는 얼마나 되셨죠?"

"한 2년 정도…."

"그 전에는 무슨 일을 하셨죠?"

"대학 졸업하고 이런저런 일들이 있었지요… 그런데 하시고 싶은 질문은 지니 리에 관한 것 아니었나요? 왜 제 일을 묻는지…."

"네? 아… 네."

나는 어설프게 머리를 손으로 긁으며 대답했다. 옆에서 조용히 지켜보던 박사가 쩔쩔매는 내가 못마땅했는지 직접 희 킴에게 질문을 던졌다.

"지니 리가 사건 당일 혼자 김득호 씨와 사무실에 있었는데, 당신은 그때 무얼 하고 있었죠?"

사실 박사가 희 킴에게 한 질문은 김득호가 죽은 날 희 킴이 입었던 옷의 칩을 회수해 내비게이팅 분석을 하면 다 알 수 있는 사실이었다. 그러나 박사는 희 킴에게 직접 듣고 싶은 모양이었다.

"누가 나를 데리고 나가지 않는 한 저는 여기 안에 있을 수밖에 없죠. 그때도 보호소 안에 있었어요."

희 킴의 대답은 마치 감금당한 사람의 불만처럼 들렸다. 박사의 눈치를 살피니 박사도 나와 같은 생각을 하는 것처럼 보였다.

"죽은 김득호 씨가 원생들을 돌보는 직원을 전부 시각장애인으로 고용한 데는 무슨 이유가 있지 않을까 생각하는데요…."

"아마 원장님이 눈 뜨고는 못 볼 짓을 하셨나 보죠."

"네?"

한인들은 코리아타운에 모여 살면서도 서로 헐뜯고 업신여긴다고 들어서 익히 알고 있었지만, 수사관에게 자기 보스를 대놓고 처음부터 부정적으로 말하는 것을 들으니 그 국민성이 자못 의아스러웠다.

"방금 '눈 뜨고는 못 볼 짓'이라고 하셨는데, 김득호 씨에게 무슨 좋지 않은 감정이라도 있나 보죠?"

"아뇨, 전혀 없어요. 저는 그냥 앞을 못 보지만 다른 감각이 무척 예민한 편인데… 최근 원장님이 굉장히 신경질적이고 저보다도 훨씬 민감해지셨었죠."

"혹시 그게 무엇 때문인지 짐작 가는 데가 있나요?"

순간 희 킴의 얼굴이 찡그러졌다. 박사와 나는 아무 말도 하지 않고 그녀가 다시 입을 열기를 기다렸다.

"이건 그냥 제 느낌인데… 원장님은 최근 사모님과 사이가 굉장히 안 좋아 보였어요."

"특별히 그렇게 생각하게 된 동기가 있나요?"

"요즘 부쩍 직원들 앞에서 아바타 아내 자랑을 많이 했죠."

박사는 희 킴의 말이 끝나자마자 물었다.

"아니, 그런 온라인에서 하는 개인적인 활동에 대해 직원들 앞에서 자기 입으로 자랑을 했다는 건가요?"

희 킴의 대답을 기다리고 있는데 옷소매로 희 킴의 신상정보가 다운로드되어 들어왔다. 여러 가지 정보 중 내 눈을 번쩍 뜨이게 만드는 것이 한 줄 있었다.

불법 장기 매매로 불구속 입건.

아름다운 겉모습과는 전혀 어울리지 않는 전과 기록이었다.

나는 박사에게 슬쩍 옷소매의 LCD 스크린을 보여 주었다. 박사는 아무 말 없이 고개를 끄덕였다. 불법 장기 매매는 요즘 한참 정부에서 특별 단속하는 범죄였다. 과학이 아무리 발달해도 사람의 신체 부위만큼은 사람 몸에 달린 것만한 것이 없었다. 희 킴의 신상정보는 그녀가 블랙마켓에서 안구 두 개를 구입하려다가 잠복 경찰에게 입건되었다고 알려 주고 있었다.

"원장님은 저나 다른 직원들에게 매일 아바타 아내 얘기를 들려주었죠. 원장님은 저희와 거리낌 없는 관계를 자랑하고 싶었는지 몰라도 너무 사적인 얘기를 지나치게 자주 해서 저는 무척 곤혹스러웠어요."

"질문에 대답해 주셔서 감사합니다."

박사는 공손한 목소리로 희 킴을 향해 고개를 숙여 인사했다. 어차피 볼 수도 없는 사람 앞에서 박사가 왜 저리 공손한지 순간 의아했다. 자기를 쳐다보는 걸 눈치 챈 박사가 나를 바라보며 시니컬한 표정을 지었다.

"더 질문이 없으시면 지니를 레크리에이션 방으로 데려가도 될까요?"

"물론입니다만 현장 조사가 끝날 때까지는 보호원을 벗어나지 말아 주셨으면 합니다."

"밖에 나갈 일도 없는걸요. 알았어요."

희 킴이 지니 리를 부축해 레크리에이션 방 쪽으로 가고 난 뒤 나는 복도에 빽빽하게 들어선 동료 형사과 경찰들을 각자 수사 지역으로 보내고 박사에게 다가갔다.

"저 여자도 좀 이상한데요. 전과 기록도 있는 데다가 저런 미모로 육체적으로 힘든 이런 일을 하는 것도 좀…."

"그래서?"

"자기 눈 한번 고쳐 볼까 하고 여기서 일한 것 같은데, 그걸 눈치 챈 김득호가 그걸 미끼로 희 킴에게 집적대며 다가간 게 아닌가 하는 거죠. 아바타 아내가 네 명이라며 은근히 여자한테 인기 많은 걸 자랑하며 희롱한 게 아닌가 싶기도 하고요. 방금 저 여자가 김득호 얘기 하는 표정 보셨어요? 무슨 벌레 씹는 것 같았잖아요. 맞아, 분명히 저 여자 김득호에게 협박당했을 거야."

나는 확신에 찬 목소리로 말했다. 그러나 박사는 아무 말 없이 지니의 방바닥에 흩어진 옷가지들을 손가락으로 이리저리 들춰보았다.

"그럼 자네는 이제 김득호가 자살하지 않고 저 여자가 죽였다는 거야? 자꾸 집적대서?"

"뭐, 그렇잖아요… 돌아가는 게, 쩝."

"좋아. 그럼 김득호가 자살하지 않고 누군가 죽였다고 생각하고 다시 추리를 해 보자고. 모든 직원들과 원생들은 김득호가 살해당할 시 레크리에이션 방에 함께 있었다고. CCTV에 김득호와 같이 있었던 사람은 지니 리밖에 없었어. 자네도 봤잖아. 지니 리가 의자에 앉은 김득호의 팔을 묶는 걸… 김득호는 누군가에게 과출혈을 일으킬 정도의 상처를 입고 가죽 의자에 앉혀졌던 거야."

"그런데 지니 리는 왜 그 방에서 홀로 김득호의 팔을 묶고 있었을까요?"

박사는 씩 미소를 지었다.

"그래, 맞아. 처음부터 CCTV에 나온 여자가 지니 리라고 의심 없이 받아들인 것 자체가 잘못되었던 거야."

다섯 시간 30분 전

"네?"

"자, 다시 CCTV를 보자고."

박사는 벽에 액정 화면을 만들었다. 나는 리모컨을 이리저리 만지면서 나름대로 화면이 선명하게 보이도록 한 뒤 장면 하나하나를 천천히 조그셔틀로 돌려 나갔다. 화면 속 김득호의 얼굴은 보호소 안에서만큼은 신이었음을 분명히 보여 주었다. 잔뜩 화가 난 신. 잘된 일은 자기가 한 일이고 잘못된 일은 나 몰라라 외면해 버리는 무책임한 신의 모습을 한 김득호였다.

왜 죽었을까? 보호소 안에서만은 무소불위의 힘을 떨치던 그 장난질이 더 이상 재미없어진 것일까? 박사 말대로 그가 자살을 했다면 무료함 때문 아니었을까? 삶에 대한 무료함.

"정말 화면의 여자가 지니 리가 확실하다는 걸 보여 주는 깨끗한 영상은 없군요. 환자복을 입고 있다는 것 외에는…."

박사는 CCTV를 한참 들여다보더니 방 모퉁이에 쌓여 있는 종이박스 위에 앉아 담배를 피워 물었다. 박사 말대로 지니 리임을 확신할 수 있는 근거가 없는 것은 분명했다. 누군가 지니 리와 비슷한 체구의 제삼자가 환자복을 입고 있는 것이라고 해도 반론할 증거는 없었다.

"그러네요. 화면 안의 여자가 지니 리이건 아니건 일단 김득호가 저렇게 의자에 묶여 있을 때는 분명 살아 있었어요. 얼굴을 봐요. 웃고 있잖아요."

박사는 신경질적으로 담배를 질근 질근 씹기 시작했다.

"우리가 지금 너무 저 여자와 김득호의 얼굴에 신경 쓰고 있는 거 아냐?"

"네?"

"이게 녹화된 날짜를 어떻게 확인할 수 있는 방법이 없을까?"

"어…."

박사는 내가 멍하니 있는 동안 CCTV 플레이어를 이리저리 살피더니 옷소매에 달린 컴퓨터에서 와이어를 하나 꺼내 CCTV 측면에 있는 여러 개의 잭 플러그 중 하나에 꽂았다.

"내가 이럴 줄 알았어. 이 부분이 붙여진 게 금방 표시 나잖아."

"네?"

"이거 한 달 전 자료야. 이런 낡은 디지털 방식으로 바꿔치기
를 하다니, 이런 속임수에 시간을 날린 우리가 멍청했지."

"한 달 전 자료라면…."

"누군가 한 달 전 자료를 김득호가 죽기 바로 전 걸로 바꿔치
기 해 놓은 거야."

"그럼 이제 김득호가 자살한 게 아니고 살해당했다는 데 더
무게가 실리겠군요."

"우리가 이런 데 시간을 보내도록 범인이 일부러 바꿔치기
한 거야. 보호소 안에 있는 사람들 모두 밖으로 나가지 못하게
하고 한 사람씩 조사해야겠어. 김득호 가족은 어디 있어?"

박사는 누가 자기를 속이는 것을 굉장히 싫어했다.

네 시간 45분 전

김득호의 가족이 보호소에 도착했는지 알아 보기 위해 나는
소매에 달린 이동통신 시스템을 열었다. 보호소의 정문관리 시
스템 자료를 훑어보니 약 15분 전에 김득호의 가족이 탄 자동

차가 보호소로 들어온 사실이 포착되었다. 화가 나서 씩씩거리며 CCTV 앞에 서 있는 박사를 향해 나는 김득호의 가족이 돌아왔다는 사실을 알려 주었다. 박사는 아무 말도 하지 않고 자신의 옷에 달린 컴퓨터를 이리저리 누르고 정보를 입력하더니 갑자기 뛰어나갔다.

"어, 어디 가세요? 같이 가요!"

나는 허둥지둥 박사의 꽁무니를 쫓아 나갔다. 아무래도 김득호의 가족이 있는 곳으로 가는 모양이었다. 박사가 빠른 걸음으로 앞장을 서고 나는 그 뒤를 따라가는데 차가운 보호소 복도에 박사의 발자국 소리만 뚜벅뚜벅 울렸다.

보호소 건물은 적어도 100년은 돼 보였다. 벽면은 칠이 벗겨져 흉측하게 드러나 보호소와 어울리는 묘한 분위기를 연출했다. 박사를 따라가며 나는 곰곰이 이제까지 조사한 내용을 정리해 보았다.

정년퇴직한 65세의 한인 이민 2세 김득호는 친척으로부터 행콕팍보호소를 인수받아 열다섯 명의 지적장애인을 보호하고 있었다. 또 시각장애인만을 직원으로 뽑아 원생들을 돌보도록 했다. 김득호에 관한 컴퓨터 속 자료를 조사하면 할수록 오롯이 오갈 데 없는 장애인들을 위한 마음으로 보호소를 인수받아 운영한 건 아니라는 생각이 들었다. 온라인 상에 아바타 아내가 네 명이나 된다는 사실도 예사롭지 않았다.

이상이 김득호에 관한 내용이고 그다음은 지니 리. CCTV를 보고 처음에 나와 박사는 간질 증상까지 있어 보이는 지적장애 환자인 지니 리가 김득호를 죽였거나 최소한 김득호가 죽는 것을 목격했다고 생각했다. 그러나 검시과에서는 김득호가 자살했을 가능성이 가장 높아 보인다고 했다. 한 달 전이지만 왜 김득호는 자신의 사무실에서 지니 리와 같이 있었을까?

그리고 장기 매매 전과자 희 킴을 수사하고 나서는 사건 당일 CCTV 영상이 한 달 전 것과 허술하게 바꿔치기 되었다는 것을 알았다. 아, 정말 헷갈린다. 김득호가 자살인지 타살인지도 헷갈리고, 누군가 나와 박사의 신경을 다른 곳으로 돌리려고 하는 것 같은 느낌도 든다.

네 시간 15분 전

나는 옷소매에 달린 키보드를 두드려 보호소의 열다섯 명의 원생과 일곱 명의 직원들 사진을 다시 다운로드해 쭉 훑어보았다. 다들 시각장애인이고 지적장애인이었지만 외모는 보통 이상이었다.

지니 리와 김득호의 수수께끼 같은 상습적 행동을 눈치 챈 제3의 인물이 지니 리에게 살인죄를 덮어씌워 김득호를 해치운 게 아닌가 하는 생각에 무게가 실리기 시작했다.

그렇다. 제3의 인물이 있다. 불법 장기 매매 전과가 있는 희 킴일까? 시각장애인인 희 킴이 안구가 필요해 이 보호소 직원으로 일하기 시작한 것 아닐까? 다 집어치우고 구속영장을 발부받아 희 킴을 추궁해 볼까?

그런데 추리가 너무 쉽다. 지적장애인의 안구를 파헤칠 희 킴의 계획이 사전에 김득호에게 들켜 김득호를 죽였다는 스토리는 초등학생이라도 생각해 낼 수 있는 수준이다. 다른 뭔가가 있는 것 같다. 정말 다른 뭔가가 자꾸 내 수사를 흐트러뜨리고 있다.

네 시간 전

행콕팍보호소는 ㄷ자 형태의 3층짜리 건물이고, 김득호의 사택은 3층 꼭대기 전체를 쓰는 펜트하우스였다.

—누구시죠?

박사가 사택 앞 인터컴을 누르자 인터컴에 달린 LCD 화면으로 창백한 여인의 얼굴이 떴다.

"네, LAPD입니다."

찰칵.

박사의 말이 끝나기도 전에 육중한 철문 소리가 들리면서 문이 열렸다. 안으로 들어가 본 김득호의 사택은 칙칙한 보호소의 분위기와는 전혀 다른 별세계였다. 대리석 바닥에는 형이상학적 문양이 새겨져 있고 휘황찬란한 LCD 벽지가 집안 전체에 환상적인 분위기를 연출했다. 나와 박사 앞에 나타난 인터컴 속의 여인도 이지적이고 우아한 동양 미인이었다.

'뭐야? 여기 여자들은 다 미인인걸.'

한국 여자들이 성형 수술을 많이 한다는 얘기는 들었지만, 정말 다들 성형을 해서 저렇게 미인인가 궁금해졌다.

"이쪽으로 오세요."

여인은 나와 박사를 거실로 인도했다. 거실에는 깔끔한 모양의 가구가 즐비했다. 가구 위에 놓인 LCD 사진액자들은 모조리 꺼져 있었다.

"여기 앉으시죠."

거실 중앙에는 거대한 L자 형태의 검은 가죽소파가 있었는데 앉으니 자동으로 온몸이 편하게 조정되었다.

"뭐 드실 거라도?"

"아니, 됐습니다. 몇 가지 질문 드리기 전에… 갑작스런 일을 당해 마음에 상처가 크시겠습니다."

"아버지는 상처만 많이 남겼죠."

나는 잠시 혼란스러웠다. 우리 앞의 여인은 적어도 마흔 살은 돼 보였다. 동양인의 나이를 짐작하기는 힘들지만 눈 주위 주름이나 피부로 보았을 때 분명 40대였다. 박사도 앞에 앉은 여인이 김득호의 아내라고 생각했던 모양이다.

"네? 아… 어머니는 집에 계십니까?"

"아버지요? 아, 어머니요, 어머니는 인체장비 청소 중이시죠."

이상하게도 이 여자는 아버지와 어머니를 헷갈리는 듯 했다.

"인체장비라면?"

"어머니는 머리만 빼고 온몸이 기계로 되어 있어요. 수술을 오래전에 받아서 장비가 구식이라 청소를 하지 않으면 작동 불능이 빈번해지죠."

김득호의 딸은 말끝마다 '~죠'를 붙여 기계적으로 말하는 로봇 같았다. 아무 감정 없는 목소리로 말하며 눈은 우리를 보고 있는데 아무데도 초점을 두지 않은 메마른 눈빛이었다.

"그럼 아가씨께 질문 몇 가지만 드리겠습니다."

"아가씨? 호호호… 오랜만에 아가씨 소리를 들으니 기분이 좋아지네요. 다이어트호르몬 수술 후에는 한 번도 들어보지 못한 말인데."

요즘 남가주의 코리아타운은 성형 수술의 중심지로, 한인뿐 아니라 날씬하고 탱탱한 몸을 원하는 온갖 사람들이 몰려들었다. 다이어트호르몬 수술은 코리아타운의 인기 성형 수술로 인체 호르몬에 변화를 주어 절대로 살이 찌지 않게 체질을 완전히 바꾸어 주는 시술이었지만 대신 노화를 앞당기는 단점이 있었다. 김득호의 딸은 데이터 상으로는 대학교 2학년인데, 최근 다이어트 수술만 마친 뒤라 얼굴이 40대로 보였던 것이다.

"사실 내 동생이 더 예쁘장하죠. 그 앤 미남 수술을 했거든요."

미남 수술도 일종의 호르몬 수술이었다. 이 수술은 젊은 청소년 특히 남자아이들 사이에서 유행했는데, 수술 6개월 후면 연예인 뺨치는 멋진 얼굴로 변했다. 그런데 이 수술은 여성호르몬을 극대화시켜 남성 기관이 퇴화해 버리는 무서운 결과를 초래했다. 그러나 그것에 아랑곳하지 않고 많은 청소년들이 시술을 받았다. 왜 그렇게 한국인들은 성형 수술을 좋아하는지 알 수가 없었다.

"동생은 어디 있죠?"

"자기 방에 있겠죠. 그 애는 사람 많은 곳에 갔다 오면 얼마나 신경질을 부리는지… 계집애처럼."

"그럼 아가씨한테 몇 가지 물어 보죠. 아버지가 돌아가신 걸 언제 아셨죠?"

"아버지?"

아버지라고 하자 또 김득호의 딸은 잠시 넋이 나간 표정으로 박사의 얼굴을 바라보았다.

"잠깐, 아가씨 이름이 어떻게 됩니까?"

"…주디라고 하… 죠."

역시 머뭇거리면서 김득호의 딸 주디는 말했다.

"주디 씨, 아까부터 계속 아버지와 어머니를 헷갈려 하는데 도대체 이유가 뭡니까?"

박사는 수사할 때면 이렇게 직설적으로 질문을 던질 때가 많았다. 심리적으로 인간은 기습 질문에 진실을 이야기하기 쉽다고 박사는 철저히 믿고 있었다.

"…"

"왜 대답을 못하시죠?"

김득호의 딸 주디는 잠시 침묵을 지키다가 결심을 한 듯 가족에 관한 이야기를 나와 박사에게 풀어놓았다.

세 시간 45분 전

주디의 말을 통해 들은 김득호의 가족은 요즘 LA 한인들에게 가장 큰 문제로 대두되고 있는 인체성형중독증의 전형적인 실태를 적나라하게 보여 주었다.

처음에는 암 같은 병에 걸린 신체 부위를 교환 치료하는 목적으로 발전된 바이오닉 기술이 외모 성형을 위해 무분별하게 시행되어 극단적으로는 인체 호르몬을 교체하는 끔찍한 불법 시술이 난무하는 실정이었다. 부유한 김득호는 인체 성형 수술에 많은 돈을 써 왔다고 그의 딸 주디가 진술했다. 김득호의 사무실 냉장고에 종류별로 가득 들어 있던 비타민제는 과도한 인체이식 과정에서 결핍된 영양분을 채워 주는 데 도움이 되는 것들이었음을 깨달았다. 김득호는 지병으로 당뇨를 앓아 일찌감치 두 다리를 교체했고, 그래서 원래 170센티가 안 되던 키가 수술 후 180을 넘는 훤칠한 외모가 되었다고 했다. 지방으로 쳐진 배는 왕자 근육이 넘실대는 멋진 복근으로 교체되었고, 두 팔과 내장 등도 앞으로 100년은 거뜬히 쓸 수 있는 단단한 바이오닉이라고 말해 주었다.

여기까지 이야기를 듣다가 나와 박사는 동시에 서로 얼굴을 쳐다보았다. 그럼 머리와 목 부분 외에는 모조리 기계 덩어리라면 김득호가 죽을 정도로 홀린 손목의 피는 도대체 무엇이란 말인가? 주디는 목에 핏대를 세우며 김득호가 생전에 시술받은 성형 수술들에 대해 열심히 설명했는데, 얼마나 총알처럼 떠들어 대는지 사실 귀에는 별로 들어오지 않았다. 그렇게 한참 듣고 있는데 문이 열리더니 누군가가 거실로 걸어 나왔다. 나는 그만 자리에서 벌떡 일어나 반사적으로 허리에 찬 호신용 검에 왼손을 가져갔다.

"누구시죠?"

"전 김득호의 아내 되는 사람입니다만. 당신이야말로 누구시죠?"

"아내? 목소리가 완전히 남잔데… 당신 도대체 누구야?"

박사는 아예 호신용 광선검을 꺼내고 내게 수갑을 채우라는 명령을 내렸다. 나는 소매에서 수갑을 꺼내며 앞에 서 있는 남자를 향해 달려들 태세를 갖추었다. 그러자 주디가 우리와 남자 사이에 급하게 끼어들더니 다급한 소리로 외쳤다.

"그만하세요. 우리 엄마예요."

"뭐라고요?"

"여성호르몬을 차단해서 하는 미용 수술이 좀 잘못돼서 모습은 남자 같지만… 우리 엄마예요!"

주디는 거의 울먹이는 목소리가 되었고 그녀의 뒤에 선 남자의 얼굴도 점점 굳어졌다.

유전자와 호르몬을 장난질해서 발생하는 이런 촌극이 지금 미국 한복판 코리아타운에서 펼쳐지고 있다니, 신이 있다면 신께 부르짖고 싶었다. 이게 도대체 무슨 일이냐고.

나는 검과 수갑을 옷에 부착시키면서 주디가 어머니라고 부른 남자를 다시 찬찬히 바라보았다. 처음엔 남자로 여겨졌지만 자세히 살펴보니 여성이라는 느낌이 전해졌다. 7대 3의 비율로 갈라 곱게 빗질한 헤어스타일에 검은색 묵처럼 따뜻한 느낌을 주는 머리카락은 아마도 염색을 한 것 같았다. 눈 주위와 이마에 펼쳐진 나이테는 엄청나게 발달한 의학기술로도 완벽하게 지울 수 없는 모양이었다. 남성호르몬의 발달로 코 밑에 수염이 나 있어 여자가 콧수염을 달고 장난치는 모습 같았으나 함부로 대할 수 없는 기품이 느껴졌다.

'홍인경. 65세. 산타모니카 시티 칼리지 환경미화과 교수.'

LAPD 형사과 중앙 신원조회실의 서버와 연결된 내 옷의 컴퓨터로 김득호의 아내 홍인경의 신원이 금세 확인되었다. 요즘 최고의 인기 직업으로 각광받는 환경미화부원을 양성하는 환경미화과 교수라는 게 조금 놀라웠다.

"무례했음을 용서하세요. 형사지만 저희도 사람인지라 살인 사건을 조사하다 보면 신경이 날카로워져서 과민 반응을 하곤

하죠."

"아닙니다. 잠깐, 주디가 손님이 오셨는데 아무 대접도 안 했네요."

"아니, 저희들은 괜찮…."

"악!"

박사의 대답이 채 끝나기도 전에 홍인경의 손이 딸 주디의 어깨에 올라가자 날카로운 비명이 방 안 전체에 퍼졌다. 아무리 여자라고 해도 이제 홍인경의 손은 기계라 거칠 뿐 아니라 힘 또한 여간 세지 않을 텐데, 아니나 다를까 홍인경의 손이 살짝 스쳤는데도 주디는 소스라치게 놀라 바닥에 꼬꾸라졌다.

"아니, 애가 왜 이렇게 엄살을 부려? 그나저나 손님 접대도 않고… 형사님들이 어떻게 생각하시겠니? 예의도 없이."

"아닙니다. 따님이 물었지만 저희가 괜찮다고 했습니다."

홍인경은 쓰러진 딸을 일으켜 세울 생각은 하지 않는 것 같았다. 주디는 어금니를 물고 가까스로 일어나 거실 밖으로 나가 버렸다. 뭐라고 한소리 하려 하는데 박사가 나를 저지했다.

"정말 죄송합니다. 제가 자식 교육을 너무 소홀히 했군요. 커피라도 드시지 않겠어요?"

홍인경은 나가 버린 주디는 아랑곳하지 않고 과장된 얼굴로 박사와 내게 미안한 표정을 지었다.

"아닙니다. 그보다 몇 가지 질문드릴 것이 있습니다. 먼저 이번 일로 상심이 크시겠습니다."

홍인경은 마치 가면을 바꿔치기하듯 금세 슬픈 표정으로 바뀌었다.

"말도 못하죠. 그이가 얼마나 가족과 보호소 사람들을 위해 밤낮으로 고생했는데… 흑."

홍인경은 방금 자신의 딸을 넘어뜨린 손으로 눈물을 훔쳤다. 나는 홍인경의 모든 행동이 가식으로 느껴졌다. 하지만 오늘 여기 행콕곽보호소에 와서 김득호의 죽음에 눈물을 보인 사람(아무리 신체의 대부분이 기계로 교체되었다고 해도)은 김득호의 배우자 홍인경이 유일했다. 나는 온라인 아바타 아내, 냉장고 속 수많은 비타민제, CCTV 속의 알 수 없는 행동들을 홍인경도 알고 있을까 궁금했다. 그리고 보호소 직원 희 킴은 김득호가 가족들과의 관계가 원만하지 않은 것 같다는 진술도 했는데, 홍인경은 전혀 그렇지 않은 모습을 보여 주고 있었다. 어깨를 들썩이며 우는 홍인경을 잠시 바라보던 박사가 위로의 말문을 열었다.

"죄송합니다. 저희 경찰이 최선을 다해 김득호 씨를 살해한 범인을 잡도록 하겠습니다."

"네? 살해한 범인이라뇨?"

나와 박사는 동시에 놀란 눈으로 홍인경을 바라보았다.

"살해라뇨? 전 그이가 자살했다고 하는 말을 들었는데…."

"그런 말을 어디서 들으셨죠?"

"전도사님이 우리 가족이 돌잔치에 있을 때 전화를 했었어요."

"전도사라니 교회에서 말하는 그 전도사 말인가요?"

미국 정부가 아무리 '성경종량제'를 실시해도 기독교인 비율이 월등한 한인들은 역시 교회에 열심히 나가는구나 싶었다.

"남편이 워낙 광신적이라… 매일 아침 전도사님을 모셔 놓고 보호소에서 예배를 드렸죠."

"그럼 그 전도사가 김득호 씨 사망 소식을 전하며 자살했다고 덧붙였단 말입니까? 어떻게 자살인지 알았을까요?"

"…."

홍인경의 표정이 갑자기 무표정으로 변했다. 나는 홍인경이 영화배우를 하면 정말 잘하겠구나 하고 생각했다.

"전도사님은 저희 행콕팍의 모든 행정과 종교 행사를 관할하는 분이시고, 남편 생전에 전도사님이 하는 말은 무조건 100프로 신뢰했기 때문에… 자살이라고 하니까 그냥 아무 의심 없이 그런 줄 알았죠."

"혹시 김득호 씨가 자살할 만한 이유가 있었나요?"

"자… 살… 할 이유?"

행콕팍보호소 살인 사건

"네, 자살할 이유. 전도사라는 분이 자살이라고 했을 때 그냥 그대로 받아들일 수밖에 없는 이유요."

"그… 건… 그냥, 요즘 그이가 무척 신경이 날카로워져 있었고… 많은 양의 수면제와 신경안정제를 복용하고 있는 걸 알았어요."

"수면제와 신경안정제?"

"네. 냉장고 가득 들어 있는 그 약들… 요즘은 꽤 자주 먹었던 것 같아요. 지금 생각해 보니."

"왜 말리지 않았나요?"

"제가 환경미화과 교수예요. 낮에는 교단에 서고 밤에는 여러 기업에 초대되어 강연을 하죠. 강연 스케줄이 내후년까지 차 있어요. 저로서는 행콕팍 일까지 신경 쓸 여유가 없었어요. 그리고 이제까지 남편이 알아서 잘해 왔기 때문에… 약 먹는 걸 알았지만, 어떻게 말릴 수는 없었어요."

방금 전까지 울먹이던 목소리와는 다르게 홍인경은 또박또박 말했다. 물론 나와 박사는 자살인지 타살인지 결론을 내리지 않고 있었지만, 홍인경은 김득호가 자살했다고 믿는 것 같았다.

두 시간 40분 전

"정신없이 최첨단 성형 수술 작품 두 점을 구경한 것 같군요."

나는 김득호의 펜트하우스에서 보호소로 내려가는 엘리베이터 안에서 투덜거리듯 말했다.

"홍인경의 신상 기록을 경찰서에 연락해서 다시 자세히 다운시켜 봐."

박사의 말에 나는 소매에 달린 컴퓨터를 통해 홍인경의 기록을 자세히 다운시키도록 명령했다.

"홍인경. 환경미화과 교수. 65세."

"그거 말고 진료 기록을 조사해 봐."

커서를 움직여 홍인경의 평생 진료 기록을 펼쳐 보자 대부분 성형 수술 기록밖에 없는 것 같았다. 몸의 90퍼센트 이상이 기계로 교체된 상태였다. 나는 박사가 그 기록을 볼 수 있도록 소매에 달린 모니터를 내밀었다.

"역시… 예상대로 홍인경은 당뇨합병증으로 시력을 상실했군. 그래서 아까 자신의 딸이 얼마나 아파하는지 몰랐던 거야."

그러고 보니 김득호의 딸 주디가 홍인경의 손끝에 놀라 지른 비명이 아직도 귀에 울리는 것 같았다

"그런데 시력을 잃어도 아까 홍인경처럼 눈물은 흘릴 수 있나 봐요?"

박사는 웬 뚱딴지같은 질문이냐는 듯 나를 쳐다보았다.

"그냥 궁금해서요."

"잘 모르지만 아마 눈물샘이 있으면 눈물이 나올걸…."

나는 고개를 끄덕였다. 온몸을 기계로 교체한 홍인경이 그래도 눈물샘은 남아 눈물을 흘릴 수 있다는 사실의 아이러니를 생각했다.

"김득호랑 같이 예배를 드렸다는 그 기독교 전도사는 대체 누구야? 보호소 관련 모든 사람들 인적 사항까지 다운로드 받아 봐."

"네, 알겠습니다."

나는 소매를 들어 박사가 요구한 정보를 입력시키려다 어차피 사건 해결을 위해 필요할 것 같아 건물 안에 있던 모든 사람들의 정보까지 요청했다.

홍인경(김득호의 배우자).

주디 킴(김득호의 딸).

민 킴(김득호의 아들).

일곱 명의 직원(희 킴 외).

열다섯 명의 지적장애 원생(지니 리 외).

이들의 정보가 순식간에 다운로드되었다. 나는 마지막으로 전도사의 신상 정보도 요청했다.

"어? 박사님, 경찰서 중앙컴퓨터에서 전도사의 신상 정보 제공을 거부하는데요."

"거부 이유가 있을 것 아닌가?"

"전도사가 교회 소속이라(성경종량제로 각 시에 개신교 교회가 하나씩만 있다) LA카운티 교회 중앙컴퓨터로 다운로드 요청을 하라는 프로토콜이 떠요."

"젠장… 이름이라도 알 수 없나?"

"지금 알아 보고 있죠. LA카운티 교회 소속으로 행콕팍보호소에 파견된 전도사라… 잠깐만 기다려 보세요."

나는 열심히 옷소매에 달린 키보드를 두드렸다.

"엉? 파견된 전도사가… 그러니까 실제 사람이 아니라 인터넷 상에 존재하는 아바타 전도사인데요."

박사가 놀란 표정으로 나를 바라보는데 엘리베이터 문이 열렸다.

"아바타 전도사라…."

"김득호의 아내 홍인경은 당뇨로 시력을 상실했기 때문에 그냥 목소리만 듣고 전도사를 실제 사람으로 생각했을 수 있죠."

현재 코리아타운에는 온갖 성형중독 환자들과 인터넷중독 환자들로 가득했다. 최근 기승을 부리는 범죄들도 성형비 마련 아니면 마약처럼 초현실 속으로 몰아넣는 인터넷 이용료 마련을 위해 발생하는 경우가 많았다. 김득호의 죽음도 이 두 가지에서 벗어나지 않으리라는 생각이 머리에서 맴돌았다.

"해부기술팀에게 망막잔상술을 부탁하는 건 어떻게 생각하세요?"

나는 수사가 답답하게 진행되는 것이 내심 탐탁지 않았다. 인간이 발전시켜 온 기술로 충분히 불필요한 시간을 줄여 목적하는 바를 이룰 수 있는데 뭐 하러 일일이 사람들을 만나 가며 수사를 하는지 박사가 이해되지 않았다.

"망막잔상술?"

"아니 박사님은 지금 시대가 어느 시대인 줄 아세요? 기계로 인간을 탄생시키는 시대예요. 망막잔상술은 최근 해부학에서 각광받는 의학기술이죠. 원래는 시력을 복원하기 위해 개발된 기술인데 요즘 최첨단 의학 테크놀로지는 이제 죽은 사람의 눈에서도 죽기 바로 전에 무엇을 보았는지 시신경의 뉴런에서 잔상을 복원해 내게 되었죠. 아시죠? 사람이 죽기 전 특히 살해당하기 전에는 자신의 망막과 뇌에 강렬한 잔상을 남긴다는 사실,

아마 살해된 김득호도 죽기 전에 망막과 뇌에 누군가를 남겼을 겁니다."

"이것 봐, 내가 그따위 망막잔상술을 몰라서 이러는 줄 알아?"

나는 박사를 바라보았다.

"김득호가 자살할 생각이었든지, 아니면 어떤 범인이 김득호를 죽이려 했든지 요즘 수사에 망막잔상술을 활용한다는 건 초등학생도 다 아는 사실이니, 그 전제 하에 범행을 저질렀을 거라고…."

나는 아무 대꾸도 하지 않고 박사를 계속 바라보았다.

"망막잔상술이 뇌와 망막에 외상이 없는 이상 현재 79퍼센트까지 복원이 가능한데, 그놈의 복구 불가능한 21퍼센트 때문에 법정에서 증거로 채택되지 않는다고 생각하나?"

박사는 약간 흥분했는지 톤이 올라갔다.

"아니라고! 최근 몇 년간 망막잔상술을 분석한 결과 사람들이 죽기 전에 보게 되는 것이 현재 우리가 보고 있는 세상이 아닌 경우가 75프로에 육박한다는 사실을 알았어. 이 말은 곧 살해당하든 병으로 죽든 많은 사람들이 죽기 전에 사후세계를 본다는 뜻이지."

박사는 숨을 꿀꺽 삼켰다.

"과학이 모든 걸 해결해 준다고 생각하지? 하지만 난 말이야. 과학이 첨단으로 발달하면 발달할수록 과학의 한계, 즉 이성으로는 이해가 안 되는 현상이 더 많이 드러나서 점점 과학을 믿지 못하겠다는 거야. 그래서 자네가 말하는 그 과학의 힘만으로 수사를 못하겠다는 거지."

나는 그제야 박사가 지나치다 싶을 정도로 고전적인 방법으로 수사를 진행하는 이유를 알 것 같았다.

"어서 자살인지 타살인지부터 밝혀내는 것이 중요하겠군요."

"우리가 왜 자네가 말하는 과학의 도움을 받지 않고 행콕파 보호소 내 사람들을 일일이 조사하는지 이제야 알겠나?"

나는 얼굴이 화끈 달아오르는 것을 느꼈다.

―박사님!

옷소매에 달린 무선전화에서 같이 왔던 수사관의 목소리가 흘러나왔다.

―희 킴이 살해되었습니다.

"뭐?"

나와 박사는 반사적으로 달려 나갔다.

두 시간 전

행콕팍보호소 직원 시각장애인 희 킴은 나와 박사가 동료 수사관의 다급한 목소리를 듣고 현장에 도착했을 즈음에는 이미 숨이 끊어진 상태였다.

'벌써 두 명이나 죽다니….'

장기 매매 전과가 있는 희 킴이 죽었다는 사실은 내게 큰 충격이었다. 희 킴을 처음 보았을 때부터 뚜렷한 이유는 없지만 직감으로 김득호를 살해한 용의자로 주목했기 때문이다. 나는 그녀가 뭔가를 숨기고 있다고 느꼈다. 아무리 시각장애인이라고 하지만 희 킴 정도의 미모면 충분히 더 나은 삶을 살 수 있었을 텐데, 조그마한 장애인 보호소에서 환자 도우미로 일한다는 것 자체가 이해되지 않았다. 희 킴이 왜 합법적인 안구 기증을 받지 못하게 되었는지 혹 다른 사연이 있지 않을까 해서 다시 소매 위의 키보드를 두드렸다.

'혹시 희 킴이 지적장애인들의 안구를 불법 채취하기 위해 일부러 여기서 일한 건 아닐까?'

잔인한 상상이긴 하지만 충분히 가능한 일이었다.

"자식들이! 너희들 대체 뭐하고 있었는데 수사관들이 버글버글 대는 곳에서 사람이 죽어 나가!"

박사는 화가 난 목소리로 어정쩡하게 서 있는 수사관들에게 호통을 쳤다.

"어휴, 원생들이 여기저기에서 얼마나 시끄럽게 하는지 정신이 하나도 없었어요."

그러고 보니 보호소 곳곳에서 얼핏 들으면 장례식장의 곡소리 같은 소음이 울려 퍼지고 있었다.

"아… 정말 시끄럽군."

박사는 괴로운 얼굴을 하며 손으로 귀를 막았지만 나는 원생들의 웅성거림이 단순한 의미 없는 소음으로는 들리지 않았다.

아픔… 고독함….

자신의 의지와 상관없이 비밀의 방에 갇혀 버린 지적장애인들의 절규는 내 마음을 아프게 만들었다. 비록 몸과 마음이 세상 사람들이 정상이라고 규정하는 범위 안에는 못 들지만 분명 저들에게도 혼과 영이 존재할 텐데, 저들이 세상과 소통할 수 있는 단 하나의 방법이 바로 저 소리라고 생각하니 무엇을 말하려는 걸까 호기심도 일었다.

일단 나와 박사는 주위의 소음을 피해 정확한 대화를 하기 위해 귀에 상호통화 리시버를 꽂았다. 주파수를 맞추고 난 뒤 박사는 바닥에 쓰러진 희 킴을 자세히 보기 위해 무릎을 꿇고 앉아 쓰고 있는 안경을 CT 촬영 모드로 바꿔 그녀의 몸을 스캔하기 시작했다.

"사인은 전기 쇼크 같은데… 이 여자도 몸의 65퍼센트가 기계네. 교체된 기계 재질이 싸구려라 전기전도율이 높아서 쇼크가 더 크게 다가왔을 거야."

소매에 달린 컴퓨터 모니터에서 희 킴이 살아 있는 동안 남긴 모든 자료가 다운로드되기 시작했다. 희 킴의 출생지는 사이버 공간인 포털 HUGI로 돼 있었다. 출생신고를 사이버 공간으로 하면 국적 경계가 없기 때문에 그 비율이 현저히 높아 가는 추세였다. 특히 한국의 중산층 부모 사이에서는 아이를 다국적인으로 만들 수 있다는 이유로 한때 유행한 출생신고 방법이다. 교육열이야 앞으로 지구가 망할 때까지 한국 부모를 따라잡을 나라가 없을 것이다. 그런데 이것이 범죄자들에게 국적을 숨길 수 있는 여지를 주어 수사 기관이 범인 체포의 사법관할권을 놓고 골머리를 앓게 되는 일이 한두 번이 아니었다.

희 킴은 2030년생으로 아버지가 환경미화와 관련된 일을 하는 미국 중산층의 외동딸로 태어났다. 고등학교까지는 평범한 학생으로 별다른 기록이 보이지 않았지만 대학교에 들어가면서부터 성형 수술 기록과, 혈당을 관리하는 췌장에 심각한 결과를 초래하는 불법 다이어트 기록이 난무하기 시작했다. 희 킴은 살을 빼기 위해 몸의 당분을 중화시키는 소위 인슐린 뉴트럴러를 사용했는데, 그만 췌장이 망가져서 당뇨합병증으로 서른 살에 시력을 잃고 말았다. 꽤 큰 성형미인 선발대회 진으로 입상한 경력까지 있는 아가씨로서는 감당하기 힘든 시련이었을 것이다. 특별한 직업도 없는 상태에서 과다한 성형 수술로 사채업자의 돈까지 빌려 쓴 희 킴에게 기계 안구가 아닌 천연 안구를 살 수 있는 돈이 있었을 리 없다. 눈이 보이지 않는 상태에서는 큰돈을 만질 수 있는 연예인이 될 수도 없었을 것이다.

"이 여자 손에 있는 팜 컴퓨터에서 나온 전기가 충격을 준 것 같군."

박사는 주머니에서 꺼낸 볼펜 끝으로 엎어진 희 킴의 왼손에 들린 검게 탄 팜 컴퓨터를 건드려 보았다.

한 시간 15분 전

"안 돼! 안 돼!"

갑자기 한 남자가 수사관들이 서 있는 사이를 뚫고 큰소리로 울면서 들어왔다.

"누구야?"

"빨리 막아."

육중한 기계 장갑을 낀 수사관들이 달려 들어온 남자의 어깨와 팔을 잡아 순식간에 제압했다. 남자는 거미줄에 걸린 벌레처럼 파르르 떨며 꼼짝도 못했지만 계속 큰소리로 희 킴의 이름을 부르며 눈물을 흘렸다.

"킴! 킴!"

희 킴의 시체를 조사하려다 말고 박사는 수사관에게 잡힌 남자를 향해 걸어가 그 앞에 섰다. 사실 그는 목소리만 남자였고 외모는 웬만한 여자보다 훨씬 고왔다. 눈물을 흘리며 헝클어진 모습이었지만 오뚝한 코와 유난히 큰 눈을 가진 준수한 용모를 가릴 정도는 아니었다.

"당신 누구요? 왜 이렇게 소란을 피우는 거요?"

남자는 울음을 멈추었다. 큰 눈동자는 흰자위 미백술(흰자위를 하얗게 하는 시술. 혈관이 발달한 결막을 인위적으로 제거해 상대적으로 혈관이 거의 없는 공막을 노출시켜 하얗게 보이도록 한 것)을 받은 듯 검은 눈동자가 유독 아름답게 빛났다.

"킴이 도대체 어떻게 된 거죠?"

"얼굴을 보니 어린 학생 같은데, 누구지?"

박사가 남자에게 묻는 순간 바이오 긴급 구조대원들이 우르르 들어왔다.

"뭐, 뭐야! 시신을 건드리면 어떻게 해? 아직 수사가 덜 끝났다고!"

"자동호출 장치에서 신호가 와서 저희가 출동했습니다."

유니폼에 달린 작은 LCD 스크린에 '긴급구조대 B-9조 책임자'라는 글자가 흘러가는 사내가 무뚝뚝한 소리로 대답했다.

"그게 무슨 소리야?"

"여기 사망하신 분의 심장 박동이 멈추면 자동으로 우리가 출동하게끔 되어 있다는 거죠."

긴급 구조대원들은 박사와 그 책임자라는 남자가 이야기하는 동안 신속하게 희 킴의 시신을 진공장치가 달린 관에 넣었다. 나는 말리고 싶었지만 박사의 표정이 내버려 두라는 것 같아 그냥 서서 그들이 작업하는 모습을 지켜보았다. 그런데 순간적으로 희 킴의 시신이 들어간 진공장치의 옆 부분에서 퓨식 하고 공기 빠지는 소리가 나더니 시체가 몇 부분으로 나뉘기 시작했다.

"뭐야!"

"헉! 킴! 안 돼."

희 킴의 시신이 도막나자 울음을 그쳤던 남자가 다시 울부짖으며 진공장치에 매달렸다.

"이 여자 분의 몸 몇 부위가 채권자의 요구로 반환되도록 법정지시가 되어 있습니다."

나와 박사는 희 킴의 시신이 나뉘는 광경을 보고 놀라 멍하니 서 있었는데, 책임자라는 사내는 자신의 손바닥 위에 놓인 노트북에 뭔가를 쓰면서 별일 아니라는 듯 시큰둥한 목소리로 말했다.

"무서운 사채업자들이군."

"희 킴이 사채꾼들 돈으로 성형 수술을 한 모양이죠. 뭐, 자기들도 채무자한테 돈 될 만한 것들은 회수해야겠죠."

현재 미국의 모든 권력은 높은 이자로 돈을 빌려주는 사채업자들에게 있다고 해도 과언이 아니었다. 무엇에든 중독에 빠진 사람들이 자신의 장기나 고가의 기계 몸을 담보로 사채업자에게 돈을 빌리는 것이 어제 오늘의 일이 아니었다. 최근 사채업자들은 사이버 상에서 코흘리개 아이들이 게임하는 데 들어가 높은 이자를 받고 사이버 머니를 빌려주어 큰 물의를 일으키기도 했다.

일단 사채업자에게 걸려들면 아이건 노인이건 영혼까지 저당 잡히게 된다. 금융 기관이 사라진 뒤 오늘날 미국에서는 경찰도 감히 건드리지 못하는 무소불위의 권력을 사채업자들이 휘둘렀다. 나와 박사는 속수무책으로 긴급 구조대원들이 사채업자가 요구하는 시체의 부위를 회수하는 것을 바라만 보았다.

"흑흑흑."

수사관에게 잡힌 남자는 고개를 떨어뜨리고 흐느꼈다. 나와 박사는 그제야 응급구조대의 작업 광경에서 눈을 떼고 그 남자를 바라보았다.

"그런데 당신은 누구요?"

"저 여자를 사랑하는 사람입니다."

남자의 단호한 말에 박사는 움찔하는 것 같았다.

미국에서 동성애 차별 금지가 입법화된 후, 사람들은 '사랑'의 대상을 동성뿐 아니라 더 넓고 어처구니없는 대상까지 넓혀 갔다. 애완동물은 물론 뒤뜰의 나무, 급기야는 시체에 이르기까지.

"이름은?"

"민입니다. 민 킴."

"민? 자넨… 죽은 김득호의 아들?"

"네."

박사는 수사관들에게 민 킴을 잡고 있는 팔을 놓아 주라고 하고 민 킴을 한적한 복도로 데리고 나왔다.

"아버님이 돌아가셔서 상심이 크겠군."

박사는 위로의 말로 민 킴을 안심시키며 대화를 시작하려 했다. 그런데 민 킴의 반응이 너무 의외였다.

"그 미친 사람이 죽건 말건 내 알 바 아니고요. 내… 내 사랑

킴을 누가 저렇게 했는지나 어서 밝혀 주세요."

민 킴이 '미친 사람'이라고 말할 때 그의 눈에서는 불꽃이 튀는 것 같았다.

"그래도 아버진데 말이 좀 심한 것 아닌가?"

"하하하."

박사의 말에 민 킴은 짧게 웃더니 나와 박사를 번갈아 바라보았다. 그러고 나서 또박또박 말했다.

"형사님이라고 불러야 되나요?"

"뭐, 편한 대로."

"형사님은 사람 죽인 사람들 잡는 일을 하시죠?"

"수사관이 그런 일을 하는 건 맞지. 고전적 의미론 말이야."

민 킴의 눈에 다시 한 번 불꽃이 튀었다.

"진짜 살인자는 아버지 김득호입니다. 그러니 형사님들은 그 살인자만 수사하세요. 자꾸 김득호가 살해당했다고 다른 사람들을 수사하니까 내 사랑하는 킴이 죽은 거잖아요. 김득호야말로 살인잡니다. 김득호는 살아 있을 때 많은 사람들을 죽였어요. 간접적이긴 하지만."

"간접적? 그게 무슨 말이지?"

민 킴은 얼른 대답하지 않고 말을 돌렸다.

"온라인에서 김득호의 아바타 아내가 한둘이 아닌 건 아시죠?"

"그건 개인 패스워드를 모르면 알 수 없는 건데… 아들인 자네가 그걸 어떻게 알지?"

민 킴은 잠시 말을 멈추었다. 순간 당황한 빛이 스쳐 갔다. 노련한 박사는 그 순간을 놓치지 않았다.

"뭐 그건 요즘 젊은 사람들 컴퓨터를 워낙 잘하니까 패스워드 정도야 맘만 먹으면 알아낼 수 있을 테고… 그나저나 학생은 아버지가 살해당했을 시간에 친척 돌잔치에 갔었지?"

민 킴은 박사의 물음에 아무 대답 없이 고개만 떨군 채 서 있었다.

"왜 대답을 못하지?"

"전 돌잔치에 가지 않았어요."

"돌잔치에 가지 않았다고? 그럼 그 시간에 뭘 했어?"

"당연히 킴과 같이 있었죠."

"누나하고 어머닌 자네와 함께 돌잔치에 갔다고 하던데… 그럼 그때 돌잔치에 간 건 누구지?"

"저도 몸의 70프로가 성형 부품입니다. 나하고 똑같은 기계 하나 더 만드는 건 요즘 세상에서 어려운 일도 아니죠."

"그럼 돌잔치에 자네 대신 로봇을 보냈다는 말인가?"

"누나는 완전 성형중독자라 자신한테만 관심이 있지, 엄마도 당뇨합병증으로 눈이 어두우니 속이는 일은 식은 죽 먹기죠."

나는 민 킴의 이야기를 들으면서 소매로 민 킴의 자세한 신상 정보를 다운로드 받았다. 민 킴은 LA 온라인고등학교 1학년생으로 일곱 살 때 처음 LA 사이버수사대에 입건되었는데, 불법 온라인 게임 '악플킬러'(무작위로 한 개인을 지목해 악성 댓글을 달아 실제로 사람을 먼저 죽게 만드는 사람이 챔피언이 되는 온라인 게임)에 로그인한 죄목으로 불구속 보호감찰형을 3년 받았다. 보호감찰 뒤에는 컴퓨터게임 중독에서 벗어났는지 특별한 사고 없이 온라인 학교에 다니는 평범한 학생으로 나타났다.

"왜 속였지?"

"…그랬잖아요. 킴을 사랑한다고."

사랑… 얼마 만에 들어 보는 소리인가.

"학생! 학생이 이 여자를 사랑한다고 하는 말을 우리보고 믿으라는 건가?"

이제는 유행가에도 나오지 않는 '사랑'이란 말을 도대체 김 민은 어디서 배운 걸까?

사실 사랑은 이 시대에 전혀 맞지 않는 생뚱맞은 단어다. 50-60년 전 출판물이나 고전 소설을 보면, 그때 당시는 '사랑'을 무슨 지상 명령처럼 외쳤던 것 같다. 사는 이유도 사랑, 사람을 만나는 이유도 사랑, 죽는 이유도 사랑, 성공하는 이유도 사랑,

돈을 버는 이유도 사랑 등등 무슨 일이든 사랑 때문에 하고 온통 사랑밖에 없다고 한다. 그런데 마치 큰 가위가 엿을 싹둑 자르듯이 사랑은 순식간에 우리 주위에서 사라져 버렸다. 내가 어렸을 때만 해도 분명 사랑이란 말이 가끔 사용되었던 것 같은데, 희미하게 기억이 나는데… 지금은 아무리 둘러봐도 '사랑'이 없다. 증발해 버렸다. 어느 순간.

58분 전

민 킴은 2년 전 행콕팍보호소에서 처음 희 킴을 만났다. 시각장애인이지만 빼어난 외모를 가진 희 킴에게 그저 단순한 호감을 가졌는데, 전형적인 컴퓨터게임 중독자인 민은 시간이 지날수록 태어나 한 번도 느껴 보지 못한 이상야릇한 감정에 빠져들었다. 처음에는 그 이상야릇한 감정의 정체가 무엇인지 명확히 깨닫지 못했다. 그러던 어느 날 우연히 아버지 김득호가 교회에서 파견된 전도사와 나누는 이야기를 듣고 자신이 겪는 감정이 사랑이라는 것을 알게 되었다고 했다.

그뒤 민은 희 킴과 친해지기 위해 현실 세계에서 노력하기보다는 그녀를 사이버 공간으로 끌어들이려 했다. '사랑'하는 여인, 그것도 자신보다 나이가 많은 여인과 오프라인에서 자연스럽게 대화를 해서 가까워진다는 것이 민 킴에게는 거의 불가능한 일로 느껴졌기 때문이다.

"그래서 사귀었나?"

박사가 무뚝뚝한 음성으로 묻자 민은 이제 마음이 조금 진정된 듯 차분한 목소리로 대답했다.

"아뇨."

"뭐? 아까 그렇게 사랑한다고 난리치더니… 난 또 꽤 심각한 관계인 줄 알았네."

"희 킴이 시각장애인이라 인터넷으로 불러들일 수 없었어요. 사랑을 고백하려면 인터넷에서 만나야 하는데… 그녀는 사이버 세계에 들어올 수 없었죠. 신경 수술로 인터넷 선을 뇌에 이식시키면 되는데, 그런 수술은 별로 받고 싶어 하지 않는 것 같았어요. 우리 누나처럼 성형 수술에만 관심이 있어 보였고… 게다가 시력을 되찾기 위해 이런 저런 시도를 하다 감당할 수 없는 빚을 지고 있는 것 같았어요."

"그건 어떻게 알았어?"

"킴의 전화를 도청하면서 알았어요."

"그거 불법인 줄 몰라? 남의 전화 도청하는 것."

"형사님, 전 지금 수사에 협조하고 있는 거라고요. 형사님은 지금 전화 도청 사건을 수사하는 게 아니라 살인 사건을 수사하고 있는 거잖아요."

"이 녀석 봐, 당돌한데…."

"요즘 저희 또래 애들 중에 전화 도청 할 줄 모르는 애가 어딨어요? 에이… 갈래요."

"어라? 너 얘기 하다 말고 어딜 가겠다는 거야?"

박사는 갑자기 가겠다고 하는 민 킴을 황당한 얼굴로 쳐다보았다. 물론 나는 요즘 인터넷에 중독된 아이들이 보이는 전형적인 돌발 행동인지라 그리 놀라지 않았다.

"그렇죠 뭐, 아저씨들하고 얘기해 봤자 킴이 되살아나는 것도 아니고… 우리 아버지 수사야 내가 상관할 바 아니니 내 방으로 가겠다는 거예요."

최첨단의 과학기술은 현실에서 천국 같은 생활을 가능하게 만들었지만, 조금 더 깊이 살펴보면 사실 천국이 아니라 지옥이 도래한 것 같았다. 골치 아픈 여러 문제가 이곳저곳에서 터져 나와 요즘 미국의 많은 이민자들은 자신의 모국으로 역이민을 가고자 했다. 이런 말도 안 통하는 곳에서 사느니 모국으로 가는 편이 낫겠다 싶은 것이다.

49분 전

가족의 의미가 사라진 지 오래였다. 다들 이혼할 거 뭐 하러 결혼하냐는 식이다. 많은 이들이 자녀를 낳는 일도 게놈 지도를 펼쳐 우성의 유전자만 모아 인공수정해서 낳는다. 그런 아이들은 두뇌도 뛰어나고 외모도 탁월했지만 이상하게 인간미를 찾아보기 어려웠다. 아마도 태생적인 문제일 것이다. 애당초 부모 입장에서는 우성인자만 선택해 낳은 자식이므로 혹시라도 부족한 점이 보일 경우 그 아이를 온전히 내 아이로 받아들여 부모의 정을 쏟기 어렵고, 그런 대우를 받는 아이들 역시 부모에게 특별한 애착을 느낄 수 없기 때문이다. 특히 미국 내 한인 이민 가족의 경우 언어 문제까지 겹쳐 부모와 자녀의 관계가 더 서먹서먹했다.

박사는 아버지 김득호에 대한 민 킴의 분노가 새삼스럽게 놀랍지는 않았지만 그래도 아버지를 미워하는 구체적인 이유가 무엇인지 알아 보려는 것 같았다. 박사는 민 킴을 구슬렸다.

"내가 미안하네."

박사의 말에 민 킴은 순식간에 다소곳한 태도로 변했다.

"미안하지만, 아버지가 그렇게 미운 이유가 뭔지 이야기해 줄 수 없겠나?"

박사의 말에 민 킴의 얼굴이 굳었다. 무언가 생각하는 듯 했다. 박사의 차분하면서도 따뜻한 어투가 아이의 마음 문을 연 것 같았다.

"아버지는 아니죠."

"뭐?"

"솔직히 말씀드리면 아버지가 아니라고요."

"아버지가 아니면?"

"심한 성형 수술과 호르몬 조작으로 아버지는 나날이 여성스러워졌고 어머니는 남자가 되었단 말이지요."

이런 식으로 아버지와 어머니의 성이 뒤바뀌고 세상의 성도덕이 문란해진 건 어제 오늘의 일이 아니었다. 유전자조작으로 우수한 형질의 인간들이 많이 태어났지만 세상이 더 나아지기는커녕 극도의 이기주의와 이로 인한 가정 파괴가 날로 심각해져 갔다. 게다가 처음에는 동성애자들이 사회에서 차별받지 않고 살아갈 수 있게 하자는 취지로 합법화된 동성끼리의 결혼이 세대를 거치며 변질되어 점차 사회를 성의 구분이 필요 없는 혼란의 도가니로 이끌었다. 동성애의 문제가 아니라 결국 인간의 근원적 죄성 때문에 인간 사회의 근간인 가정이 파괴되기에 이른 것이다.

가정이 흔들리자 인구가 급격히 감소했고, 미국 정부는 국가 경쟁력이 약화될 것을 걱정한 나머지 부랴부랴 '결혼의무법'을 입법화했다. 남자 28세 여자 25세가 되면 전국 네트워크의 데이터를 통해 알맞은 결혼 상대자를 추렴해 리스트를 만들어 미혼 남녀의 집으로 발송했다. 미혼 남녀는 리스트를 받는 즉시 '신체검사'를 받고 정해진 기간 안에 상대방을 선택해(일부일처제에 의해 한 명하고만) 결혼식을 올려야 했다. 신체검사 과정에서 남성과 여성이 각각 정자와 난자를 추출당한 상태라 결혼과 동시에 유전자 기술로 우성형질을 골라 아이를 낳을 수 있었다.

이렇게 정부에서 관여하고 통제하는 개인의 결혼생활과 그 가정은 겉모습은 별 문제 없어 보였지만 실은 또 다른 신종 범죄와 문제를 낳는 온상지로 변질되어 갔다. 게다가 정부에서 이혼율을 조절하는 바람에 이혼이 힘들어지자 각종 가정폭력과 이른바 불륜 관계가 아무렇지 않은 일이 되었다.

30분 전

민 킴 역시 김득호와 홍인경의 유전자 조립을 통해 최고의 우성형질 아기로 태어났다. 김득호 부부는 자식에 대한 관심이 별로 없었다. 한 가족이지만 각각 자신의 공간을 갖고 절대로 간섭하지 않았다. 그런데 민 킴은 태어날 때부터 다른 유전자 조립 아이와 달리 '감성지수'가 유난히 높았다. 다른 아이들보다 감성 지수가 네 배나 높은 독특한 아이였던 민 킴은 자라면서 유난히 외로움을 탔고, 이에 따라 타인보다 더 타인 같은 아버지와 어머 니에게 증오심을 키워 갔다. 가정에서 완벽한 딸자식의 의무를 다하는 누나와 달리 민 킴은 청소년기가 되자 완전히 문제아가 되었다. 컴퓨터로 손가락만 대면 등교할 수 있는 온라인 학교에 는 가는 둥 마는 둥 하고 주로 향정신성 컴퓨터 게임을 하면서 각종 불법 성형 제품을 거래하는 코리아타운 최고의 딜러가 되 었다.

"그럼 죽은 사람은 아버지 김득호야, 어머니 홍인경이야? 이 런 젠장 나도 헷갈리는데… 망할 놈의 성형 수술… 외모 때문에 생식기 떼 내는 짓까지 하다니 세상 망해 돌아가는군."

박사는 민 킴의 이야기를 들으면서 혀를 찼다.

"아버지의 몸은 오래전에 여성이 되셨죠."

민 킴은 말끝을 흐렸다.

LAPD 검시과의 보고에 의하면 사망한 김득호의 부검 결과 성별은 분명 남자였다. 그러면 사망한 사람은 실제로 홍인경이 되는 셈이다.

한참을 생각하던 박사는 수사관에게 보호소 사택에 있는, 우리가 홍인경이라고 만난 김득호를 즉시 체포해 오라고 지시했다.

　박사가 그러는 동안 나는 다시 희 킴의 생전 인터넷 자료를 분석했다. 김득호와 홍인경의 아들인 민 킴은 아버지 김득호가 운영하는 행콕팍보호소의 직원 희 킴을 사랑하게 되었다고 진술했다. 그런데 희 킴이 생전에 남긴 자료에는 민 킴에 대한 어떤 연정의 기록은커녕 민 킴의 이름조차 발견할 수 없었다. 어김없는 짝사랑이었던 것이다.

　민 킴은 공중부양 의자에 앉아 훌쩍거리기 시작했다. 덩치만 컸지 행동하는 건 완전히 어린애였다. 저런 어린애의 모습을 한 인간들이 지금 이 순간에도 악마에게 혼을 맡긴 채 사이버 세상을 떠돌고 있다고 생각하니 등골이 오싹해졌다.

25분 전

　방금 전기 쇼크로 죽은 희 킴은 누가 죽였을까?

　성형 수술비와 안구 수술을 위해 돈을 빌린 사채업자일까?

　이런 저런 생각을 하는 동안 홍인경이 수사관의 손에 이끌려 나타났다.

"아니 왜 절 다시 보자고 했죠?"

홍인경은 신경질적인 목소리로 말했다.

"이제 사건을 해결하려고 불렀습니다."

행콕파보호소 복도에 서 있던 나를 포함해 모든 사람들이 놀란 눈으로 박사를 바라보았다.

"그럼 누가 범인인지 알아냈다는 겁니까?"

박사의 갑작스런 자신감에 놀라 나는 박사를 바라보았다. 박사는 아무 말 없이 의자에 앉아 훌쩍이고 있는 민 킴을 바라보았다. 김득호를 죽인 범인이 아들 민 킴인가 싶어 나도 민 킴을 바라보았다.

그렇다. 여기 행콕파보호소 안에서 사이버 범죄 전과 기록이 있는 김득호의 아들 민 킴만이 아버지에게 앙심을 품고 지니 리를 이용해 자살처럼 보이게 해서 죽일 수 있었다!

20분 전

박사는 천천히 복도 안을 둘러보았다. 훌쩍거리던 민 킴과 수사관들에게 끌려온 홍인경은 아무 말도 하지 않고 묵묵히 박사를 바라보았다. 박사는 천천히 입을 열었다.

"저는 이 사건을 통해 영혼을 잃은 인간이 얼마나 잔인해질 수 있는지 새삼 깨달았습니다. 정말 인간들은 영혼을 악마에게 팔아넘기면 짐승보다 더 짐승 같은 존재가 되는 것 같습니다. 저는 이 '행콕꽉보호소 살인 사건'이라는 온라인 게임이 최근 폭발적으로 인기가 있다고 해서 이 게임에 들어오게 되었습니다. 정말 이 게임은 역대 어느 3D 온라인 게임보다 월등하군요. 리얼한 가상공간과 흥미진진한 스토리 등등…."

'뭐야, 이게 다 게임이라고?'

"이 게임은 제한시간인 열두 시간 안에 범인을 밝혀야 하는데…."

나는 소스라치게 놀랐다.

'이게 다 게임이라면 나는 뭐야?'

"먼저 내가 홍인경 씨를 보자고 한 이유는 당신의 진짜 정체를 모든 사람들 앞에서 밝히고 싶어서죠. 홍인경 씨 이리 와 봐요."

"정말 계속 말도 안 되는 황당무계한 소릴 하는데… 도대체 증거는 있는 거예요?"

홍인경은 복도가 떠나가도록 분노에 찬 목소리로 고래고래 소리 질렀다. 박사는 홍인경의 고함소리에 잠시 씩 미소를 지었다. 그러고는 자신의 재킷 오른쪽 큰 호주머니에서 무언가를 꺼내 홍인경 얼굴 바로 앞에 펼쳐 보였다.

"증거는 바로 이거…."

눈이 보이지 않는 홍인경에게 박사의 손에 들려진 약 통이 제대로 보일 리 없었다. 그것은 죽은 김득호의 방에 있던 미니 냉장고에서 나온 비타민제 통이었다.

"당신은 남편 김득호가 신경이 날카로워져 최근 많은 양의 수면제와 신경안정제를 복용하고 있다고 말했는데, 내가 직접 현장에서 샅샅이 조사해 가져온 걸 보라고… 수면제나 신경안정제는커녕 성형 부작용을 막기 위한 여러 영양제와 비타민제밖에 없어. 자, 보라고."

홍인경은 얼떨결에 약 통을 받아 비타민제 통인지 확인하고는 얼굴을 붉히더니 박사를 바라보며 말했다.

"이게 무슨 증거라고… 남편이 수면제나 신경안정제는 따로 어디 숨겨 놓고 먹을 수 있지. 그리고 이게 비타민젠지 수면젠지 성분 분석도 안 해 보고 어떻게 알아. 통 겉면에 써 있는 것만 보고 어떻게 판단하냐고!"

"홍인경 씨."

박사의 무거운 목소리에 홍인경은 더 말을 하려다 원격 조종장치의 스톱모션 스위치가 눌려진 정지화면처럼 모든 행동을 멈추었다.

"지금 그게 수면제인지 비타민제인지가 중요한 게 아니야."

"뭐?"

"지금 당신이 그 통을 보고 그게 무슨 약통인지 알 수 있다는 게 중요한 거지. 당신! 눈이 보이지?"

나는 박사의 말에 바로 컴퓨터를 다시 접속해 홍인경의 평생 의료 기록을 확인했다. 의료 기록은 주민등록처럼 아무도 함부로 수정할 수 없는 자료인데, 분명 홍인경의 의료 기록에는 당뇨 합병증으로 시력을 상실한 것이 나와 있었다.

"홍인경! 당신이 눈이 보인다는 건, 당신이 홍인경이 아니라는 증거야. 지적장애인은 증인으로 채택될 수 없다는 걸 알고 지니 리를 이용해 홍인경을 살해할 수 있는 사람."

"…"

"김득호! 당신을 홍인경과 희 킴의 살해 혐의로 체포한다."

박사의 목소리가 복도에 쩌렁쩌렁 울려 퍼졌다.

홍인경은, 아니 김득호는 다리에 힘이 빠진 듯 바닥에 털썩 주저앉았다.

"으아아아!"

홍인경이 사실은 성형 수술을 한 김득호라고 박사가 말하자, 순간 아들 민 킴이 분노에 일그러진 표정으로 소리를 지르며 김득호에게 달려들었다. 그러나 복도에 서 있던 형사들이 순식간에 민 킴을 막아서는 수갑을 채워 어디론가 데려갔다.

10분 전

이번 게임도 이겨서 즐거운 듯 박사는 자신만만한 표정으로 게임 관객들을 향해 자신의 추리를 설명하기 시작했다.

"이 사건은 요즘 남가주 코리아타운 한인 사회에서 문제가 되고 있는 성형 수술에서 비롯된 한 가족의 비극을 다뤘지요. 성형 수술을 심하게 해서 아버지와 어머니의 성이 바뀌어 가고, 성형중독과 컴퓨터중독 증세를 보이는 자식들이 주인공인 살인사건 게임입니다. 가족의 아버지이자 지적장애인을 수용하는 행콕팍보호소 원장 김득호가 살해되었는데, CCTV에는 김득호를 의자에 묶는 지니 리가 찍혀 있었습니다. 이건 자기 몸도 못 가누는 지니 리가 어떻게 김득호를 묶었을까라는 생각에 집중하게 만들어 게임 유저의 추리력을 흐트러뜨리려는 일종의 함정이었죠. 많은 유저들이 '누군가 지니 리를 조종해 김득호를 살해했다'고 추리했지만, 저는 처음에 CCTV의 촬영 시간을 토대로 김득호가 타살을 가장한 자살을 했다고 생각했습니다. 함정에 빠지지 않으려다 또 다른 함정에 빠진 꼴이었죠. 하지만 김득

호의 아내 홍인경과 두 자녀를 만나면서 자살에서 타살로 생각
이 바뀌었습니다."

나는 얼떨떨했다.

'이게 다 게임이라고? 이 현실이 다?'

박사는 잠시 나를 바라보더니 말을 계속 이어 갔다.

"김득호와 홍인경은 결혼국의 주선으로 부부가 되었지만 무
늬만 부부로서 자식을 낳기 위해 서로 정자와 난자를 제공한 아
무 감정이 없는 사이였죠. 그러다가 성형중독증 홍인경은 단골
성형외과 직원으로부터 우연찮게 남편 김득호의 유전자 게놈
지도와 자신의 것이 기적적으로 완벽히 일치한다는 사실을 알
게 되죠. 나는 그 사실을 홍인경의 통화 기록을 통해 알게 되었
습니다. 홍인경은 벌써 당뇨합병증으로 시력도 잃었고 성형을
한답시고 과다한 호르몬 조작을 해 완전히 몸이 망가져서 평상
시 꼼꼼하게 자신의 통화 기록을 남의 손에 닿지 않게 보관하기
란 무리였습니다. 그 정도 통화 기록을 알아내는 건 나 같은 추
리게임 전문가에게 식은 죽 먹기보다 더 간단한 일이기도 하고
요.

결국 홍인경은 게놈 지도가 완벽히 일치하는 김득호와 몸을
통째로 맞바꾸고자 하는 엽기적 결심을 하게 됩니다. 그러면서
홍인경은 남편에게 지극한 관심을 갖기 시작하는데… 그게 그

만 김득호가 홍인경을 의심하게 만드는 계기가 돼 버리죠. 김득호는 정신을 바짝 차리고 상황을 예의 주시합니다. 홍인경이 성형 수술을 위해 자신을 죽이려 한다는 계획을 알게 되고 그때부터 어떻게 하면 홍인경으로부터 목숨을 구할지 고민합니다.

김득호는 애당초 아바타 아내가 네 명이나 되는 구제불능 인터넷중독자였죠. 홍인경도 이 사실을 잘 알고 있었는데 김득호는 그걸 역으로 이용하기로 마음먹습니다. 홍인경을 유인해 남편 몰래 컴퓨터를 살피게 해서 ─ 눈이 보이지 않는 홍인경은 오디오로 웹 서핑을 할 수밖에 없는데 그래서 더 홍인경을 유도해 속이기가 쉬웠을 것입니다 ─ 김득호가 행콕콱 직원 희 킴를 좋아한다는 사실을 발견하게 만듭니다. 홍인경은 그때 구체적인 계획은 세우지 않았지만, 행콕콱보호소 직원으로 유난히 김득호의 주위를 맴도는 희 킴을 이용해 남편 김득호를 살해하기로 마음먹죠.

원래 희 킴은 안구를 구입하기 위해 돈이 되는 일이라면 어떤 일도 마다하지 않는 인물이었습니다. 그래서 구직을 위해 여기저기 뿌린 희 킴의 이력서가 온라인에도 많이 돌아다녔고, 그걸 김득호가 보게 된 거죠. 김득호는 미모의 시각장애인 희 킴을 행콕콱보호소 직원으로 채용합니다. 물론 사심이 들어갔으니 조건도 파격적이었을 테고, 희 킴은 빨리 안구 값을 모을 작정으로 행콕팍에서 일하며 김득호가 원하는 일이라면 무엇이든 하게 됩니다.

그런데 희 킴이 보호소에 일하기 시작한 첫 날, 김득호의 아들 민 킴이 그만 한눈에 반하게 됩니다. 그러니까 아버지 김득호와 아들 민 킴이 한 여자에게 연정을 품게 된 거죠. 그러나 오프라인에서는 숙맥인 민 킴은 그저 멀리서 김득호와 희 킴의 애정 행각을 바라볼 수밖에 없었습니다.

아들은 점점 분노와 질투로 아버지를 죽이려 하고, 아내는 성형 부품을 얻기 위해 남편을 살해하려 하고… 가족 안에서 끔찍한 지옥의 단면을 연출하게 됩니다."

침묵이 흘렀다. 박사는 말을 이었다.

"김득호는 홍인경을 기절시켜 완벽한 김득호의 모습이 되게 성형 수술을 한 뒤 자신의 사무실에 두고는 안구를 미끼로 매수한 희 킴를 지니 리로 변장시켜 홍인경을 살해하려 합니다. 그런데 그만 아들 민 킴이 들어와 김득호의 모습을 한 홍인경을 죽이게 됩니다. 난데없이 들이닥친 아들 때문에 처음에는 당황했지만 교활한 김득호는 아들이 홍인경을 살해하는 장면이 담긴 CCTV 데이터를 환자복을 입은 희 킴과 엽기적인 놀이를 하던 장면으로 교체합니다. 그리고 일부러 CCTV 화면을 교체한 자국을 남겨 수사관들이 자연스럽게 아들을 의심하게 만듭니다. 참 대단하죠. 순식간에 그렇게 머리를 굴리다니…."

박사는 잠시 말없는 나를 바라보았다.

"김득호는 그렇게 아들을 의심받게 만들어 궁지에 몬 뒤 희 킴도 전기 충격으로 죽여 아들을 자극해 소란을 피우게 만듭니 다. 모든 사실을 아는 희 킴도 없애 버리고… 이중 효과를 거두 려는 생각이었겠죠."

박사는 고개를 떨어뜨렸다. 자신도 김득호와 같은 인간이라 는 사실이 염치없다는 듯.

"이건 정말 잔인한 살인 사건인데, 뭐 게임이니까 극단적으 로 묘사되었겠지만, 이런 일이 다른 민족에게 배타적이고 가족 이기주의로 똘똘 뭉친 재미 한인들에게는 비현실적이라고만 할 수는 없을 것입니다."

1분 전

나와 박사는 행콕파보호소의 주차장에 서서 체포된 김득호 와 민 킴을 실은 차가 떠나는 것을 지켜보았다. 게임이 시작된 지 열두 시간이 다 되어 가자 주위가 점점 회색빛으로 변했다. 하늘에서는 게임을 제작한 이들의 이름이 올라오기 시작했다.

게임을 마친다는 엔딩크레디트였다.

외모와 체면을 중요시하는 한국인의 단면을 꼬집은 점이 분쟁의 소지가 있겠지만, 이번 게임은 한인 성형중독자들의 살인을 통해 외모지상주의의 말로를 적나라하게 보여 주어 나름 유익했다는 생각이 들었다. 박사는 소아마비성 지적장애인인 나에게 비록 열두 시간이지만 파트너로 수사에 협동한 것에 대해 깊은 감사의 눈길을 보냈다.

컴퓨터 게임 때마다 박사와 같이 활동하던 폴 형사가 아내의 사고로 빠지게 되어 박사 혼자 사건을 풀어야 한다는 부담감이 있었던 모양이다. 다행히 내가 신기술인 전기충격 요법으로 정상인처럼 활동하며 수사에 협조한 것이 많은 도움이 된 것 같았다. 박사의 많은 추리가 내 머리, 아니 내 옷소매의 컴퓨터에서 나온 정보를 토대로 만들어졌기 때문이리라.

세상에 아무 의미 없이 태어난 사람은 없다. 불필요한 존재는 없다. 모두 의미 있는 존재다. 현실 세계에서 무뇌아라고 손가락질 받는 나처럼 정신이 온전치 못한 장애인도 비록 컴퓨터 게임 속에서였지만 정상인보다 두뇌가 뛰어난 천재로 활동할 수 있다는 것이 경이로웠다. 게다가 외모만 번지르르한 범인들을 잡는 순수한 영혼의 수사관이라니… 정말 통쾌한 기분이었다. 문득 게임이 아닌 현실 세계에서도 수많은 지적장애인들이 이렇게 활동할 수 있게 되면 얼마나 좋을까 생각했다. 이런 저런 생각을 하는 가운데 내 눈앞에서 박사의 모습이 사라졌다.

그리고 가상현실 수사 게임 '행콕팍보호소 살인 사건'이 닫혔다.

영문법
인생

제1장 동사의 종류

―…어… 어… Help me… please… HELP ME PLEASE!

김 군의 입에서 영어가 터져 나왔다.

김 군에게 영어는 돌연 발생한 암세포와 같았다. 어느 순간 만국 공통어가 되어 지구 위 모든 사람들을 감염시키고는 영어에 미숙한 사람의 삶을 서서히 죽음으로 몰고 갔다. 그런데 영어를 고약한 암 덩어리라고 생각하는 김 군의 입에서 드디어 영어가 흘러나오기 시작한 것이다. 김 군의 머릿속으로 영어와 함께했던 지난날이 쏜살처럼 스쳐 지나갔다.

사실 10년 전 미국으로 와 올해 서른 살이 되는 김 군의 영어 실력은 좀 유별났다. 영어로 읽기와 쓰기는 가히 천재적이라는 소리를 듣는 수준이면서 말하기만은 경악스러울 정도로 바닥 수준이었기 때문이다. 참 희한하게도 김 군은 원어민 앞에서 영어를 한마디도 하지 못했다. 영어 문법책을 달달 외워 친구들이 그를 걸어 다니는 영문법 책이라 부를 정도였고 인생을 사는 동안 가장 많이 읽은 책이 단연 XX종합영어임에도 불구하고 김 군은 미국인 앞에만 서면 꿀 먹은 벙어리가 되었다.

그런 김 군을 보고 만약 뇌 속에 영어 능력을 관장하는 뇌세포가 존재한다면 그의 뇌세포에는 '잉글리시 스피킹'을 가능하게 하는 요소가 단 1퍼센트도 존재하지 않을 것이라고 모두 입을 모았다. 어떤 사람은 김 군이 선천적으로 뭔가 해 보려는 자신감이 결핍된 것은 아닌지 분석했고, 또 다른 사람은 어릴 때 영어를 쓰는 외국인 앞에서 남모를 수모를 겪어 엄청난 정신적 트라우마 때문에 영어로 한마디를 하지 못한다고 추리하기도 했다. 이렇게 여러 의견이 분분했지만 무엇보다 확실한 것은 미국에 온 지 10년이 넘었어도 김 군 혼자서 햄버거 하나 사 먹지 못하는 '말하는 벙어리'라는 사실이다. 그리고 더 확실한 것은 자기 똑똑한 맛에 사는 자존심 강한 김 군이 영어를 스피킹하기 위해 과감히 체면을 내려놓을 생각 또한 없다는 것이다.

아무리 LA 코리아타운에서 영어 한마디 하지 않고 살 수 있다고 해도 꽁한 성격의 김 군은 영어 스트레스 때문에 미국 생활이 고달팠다. 영어를 쓸 일이 생길 때마다 주위 사람들에게 부탁하기도 자존심이 상했다. 원래 고집이 세고 내성적이라서 다른 사람들과 잘 어울리지 못해 집에 혼자 있는 경우가 많았는데, 김 군은 남들이 사춘기 때 느꼈던 고독을 30대 나이에 더 절절하게 느꼈다. 특히 날씨 좋은 공휴일에 혼자 라면으로 한 끼를 때울라 치면 '도대체 영어가 뭐지?'라는 실존적 의문이 머릿속에서 울렸고, 그 의문 뒤에는 어김없이 영어에 대한 고독과 서러움 그리고 분노가 스멀스멀 혈관을 타고 기어 나와 온몸을 부르르 떨게 만들었다.

김 군은 영어가 너무 원망스러웠다. 영어만 없다면 이 세상은 정말 천국 같은 곳일 텐데, 그놈의 영어 때문에 자신의 하루하루가 지옥이 되었기 때문이다. 정말 영문을 알 수 없었다. 이젠 집 밖에 나가는 것도 엄청난 고통이었다. 다행히 김 군이 일하는 회사의 한국 본사에서 최근 불경기로 불필요한 경비를 줄이기 위해 사무실 임대 경비 삭감을 단행해 꼼짝없이 재택근무를 할 수밖에 없게 되었는데, 다른 동료들은 어떤지 몰라도 김 군에게는 그 일이 천우신조처럼 느껴졌다. 남에게 신세 지는 것도 싫고 남의 신세를 봐주기도 싫었기에 김 군은 재택근무를 한답시고 방안에 틀어박혀 일주일 이상 집 밖으로 나가지 않는 날이 부지기수였다.

김 군을 파견 보낸 회사는 한국 재벌 기업 산하의 아동 교육 프로그램 개발 회사로 특히 영어 교육 프로그램을 집중 개발했다. 김 군은 영어 회화만 못하지 개발부의 책임자로서 회사 내에서도 실력을 인정받았다. 어떤 임무를 맡겨도 묵묵히 최선을 다해 처리해 평소 상사들의 사랑을 독차지했다.

김 군이 유전적으로 영어구사결핍증을 가진 건 아니었다. 김 군의 집안은 대대로 존경받는 유명한 석학을 많이 배출했다. 김 군의 아버지는 이름만 대면 알 만한 유명 교수였다. 어머니도 지방 대학의 교수이자 여러 곳에 불려 다니는 인기 강사였다. 게다가 부모의 전공과목이 똑같이 영어였다. 김 군의 여동생도 부모처럼 언어능력이 탁월했는지 사범대학에서 영어를 전공하고 고등학교에서 교사로 일했다. 오로지 김 군만 영어를 못했다.

영어 구사 능력이 탁월한 김 군의 어머니는 가정부도 영어 테스트를 거친 이후 집안에 들였다. 왜 가정부가 영어를 해야 하는지 김 군은 이해하지 못했지만, 글로벌한 마인드를 가진 어머니의 입에서 시도 때도 없이 영어로 요구사항이 쏟아졌으므로 영어를 알아듣지 못하면 1주일 이상 김 군의 집에서 버틸 수 없기 때문이 아닐까 추측했다.

건평 100평이 넘는 김 군의 집에서는 가정부를 안뜰 별채에 상주시켜 놓고 일을 부렸는데, 그중 김 군이 주문만 하면 5분 안에 모든 메뉴를 뚝딱 만들어 내는 요리의 달인 자야 아줌마는 김 군이 갓난아기 때부터 상주한 가정부였다. 당시만 해도 6·25 전쟁이 지나간 지 얼마 되지 않은 상황이라 난리 통에 부모를 잃고 힘들게 자란 사람이 많았다. 자야 아줌마 역시 미국인이 운영하는 고아원에서 자랐다고 한다. 그때 미국이란 나라에 좋은 선입관을 갖게 되었는지 자야 아줌마는 평소 미국이라고 하면 천국이라도 되는 곳 마냥 좋아하며 찬양했다. 게다가 그 나이대 아줌마 치고 영어 발음도 꽤 괜찮았다. 무슨 영문인지 알 수 없지만 남편을 일찍 여읜 자야 아줌마에게는 두 딸이 있었다. 첫째는 김 군과 동갑인 세라였고 둘째는 세희였다. 특히 첫째 세라는 얼굴도 귀엽고 야간 고등학교를 다녔지만 똑똑한 아이였다. 콧대 높은 것으로 둘째 가면 서러워할 김 군의 어머니도 세라를 귀여워해서 집에 찾아온 손님들에게 세라 칭찬을 곧잘 했다.

김 군은 세라에게 첫눈에 반했다. 매주 토요일 집안 대청소를 끝내고서 부엌 식탁 위에 책을 펴놓고 공부하는 그녀를 김 군은 몰래 지켜보았다. 검디검은 단발머리 속으로 내보이는 복숭앗빛 뒷목덜미는 김 군의 마음을 저리도록 설레게 만들었다. 그녀가 입고 있는 옷은 김 군의 어머니가 준 헌옷이었지만 그녀가 입었다는 이유 하나만으로 명품 같은 고귀함이 넘실거렸다. 그녀가 앉았던 의자 위에는 생생한 향기 머금은 꽃이 필 것 같다는 상상도 했다. 또 그녀가 내뱉은 모든 공기마저 청정하게 정화된 산소라고 생각될 정도로 김 군은 세라가 사랑스러웠다.

김 군은 자신이 한국인임을 새삼 감사했다. 동사의 종류는 많지만 형용사는 한국어에 비해 상대적으로 널 발달한 엉어로는 세라의 아름다움을 달랑 '뷰티풀' 혹은 '베리 뷰티풀'이라고 표현할 수밖에 없는 것을 한국어로는 보다 풍부하게 표현할 수 있었기 때문이다.

제2장 동사의 시제

인생은 영어의 동사 시제처럼 과거-현재-미래로 나눠 생각할 수 있다. 과거-현재-미래 중 최고로 행복했던 인생의 순간이 언제였느냐고 누군가 김 군에게 묻는다면 자신 있게 과거라고 답할 정도로 김 군은 풍요로운 어린 시절을 보냈다.

집에 컬러텔레비전이 있으면 잘사는 집으로 분류되던 그 당시, 고래 등 같은 김 군의 집에는 두 대의 일제 소니 컬러텔레비전이 베타 방식의 비디오플레이어와 함께 각각 거실과 안방에 자리 잡고 있었다. 인테리어에 일가견이 있는 김 군의 어머니는 세계 곳곳을 여행 다니며 기념으로 사온 진기한 장식품으로 집 안을 꾸몄다. 친척들과 김 군 부모의 친구들이 시시때때로 집 구경을 올 정도로 김 군의 집은 화려하고 아름다웠다. 게다가 아침 식사를 반드시 베이컨과 계란프라이를 모닝커피와 곁들여 먹어야 하는 아버지의 취미도 고미술품 수집이라 집은 마치 작은 박물관 같았다.

시간이 갈수록 집 구경 오는 사람들의 수와 머물다 가는 시간이 점점 더 많아지고 길어졌다. 김 군의 부모가 지치지 않고 손님들을 계속 초대했기 때문이다. 김 군은 사람들이 몰려드는 것이 싫었다. 평상시에는 서로 말이 없는 아버지와 어머니가 손님만 집에 오면 짧은 영어 단어들을 곁들여 가며 시끄럽게 떠들었기 때문이다. 김 군의 부모는 워러, 글래스, 디쉬 정도는 물론이고 집 구경 온 사람들을 뜨악하게 만들어 버리는 평소엔 들어보기도 어려운 고급 영어 단어들을 남발했다.

김 군은 아주 어릴 때부터 그렇게 영어 단어를 봉두난발(蓬頭亂髮)하는 가식적인 부모가 부끄러웠고, 생전 들어 보지도 못한 영어 단어들 앞에서 표정관리를 못하고 당황해하는 초대된 손님들이 측은했다. 김 군의 아버지와 어머니는 자신들이 흩뿌린 영어 단어를 듣고 손님들이 모르는 기색이라도 보이면 얼마나 얼굴이 환해지는지… 그것을 이 세상 어느 것과도 견줄 수 없는 궁극적 기쁨인양 서로 은밀히 나누곤 했다. 어린 나이의 김 군이 봐도 아버지와 어머니의 그 표정은 참으로 등골이 오싹할 정도로 기이했다.

김 군은 그런 자신의 부모를 처음에는 말리고 싶었다. 그러나 손님들의 반응 역시 어처구니없었다. 아무리 사회적 위치가 높은 사람도 아버지와 어머니가 낚싯밥처럼 던지는 어려운 영어 단어에 걸려들면 마치 최면에 걸린 사람처럼 굽실거리며 비굴한 표정을 지었다. 교육과 교양의 정도가 높으면 높을수록 사이비종교에라도 빠진 것 같은 표정으로 아버지와 어머니의 발바닥까지 핥을 자세를 보였다.

—나도 닥터 김처럼 브라이트하면 참 해피할 텐데.

—닥터 김의 와이프 님은 내 마음을 뷰티풀하게 메이킹시키는 것 같아요.

제3자가 보면 박장대소할 블랙 코미디 같은 상황이 매일 집 안에서 펼쳐졌다. 그리고 차츰 사춘기가 다가오자 그런 집안 분위기가 정말 짜증스러웠다. 자신의 부모지만 영어를 쓸 때만큼은 바닥을 내보이는 속물 같았다.

초등학교 내내 일 등을 놓쳐 본 적이 없는 수재였음에도 불구하고 반발심 때문인지 김 군은 중학교에 올라가서부터 시작된 영어 공부를 전혀 하지 않았다. 그렇게 시작된 김 군의 영어는 아쉬운 것 없고 원하는 것 다 가질 수 있었던 김 군의 인생을 차츰 고난의 가시밭길로 내몰았다. 중학교 때는 영어 성적이 하위권이라도 그럭저럭 넘어갈 수 있었지만 고등학교에 진학해서는 상황이 급변했다. 한국에서는 여러 과목 중 특히 영어와 수학이 운명을 가르는 생명 같은 것이었으므로, 영어 공부를 전혀 하지 않은 김 군은 반쪽 실력만 가진 반쪽 인생이 되어 점차 경쟁에서 낙오되어 갔다.

제3장 부정사

김 군은 부모의 강요로 불법 과외란 걸 받았지만 영어에 대한 알 수 없는 거부감은 날로 심해졌다. 특히 김 군의 어머니는 회유 5, 협박 95의 비율로 영어 공부를 하라고 김 군을 들볶았다. 그런데 그 방법이 날로 비열해지고 악랄해져 한참 예민한 시기의 김 군 마음에 깊은 상처와 반항심을 키웠다. 가출을 해 볼까도 생각했지만 공부하는 시늉만 어느 정도 해 주면 집처럼 편한 곳도 세상에 없다는 걸 일찌감치 깨달은 김 군은 부모에게 물려받은 명석한 두뇌를 최대한 가동시켜 시험 칠 때마다 컨닝

반 찍기 반으로 그럭저럭 대학교에는 갈 만한 정도로 영어 실력을 올려놓았다.

영어에는 부정사(不定詞)라는 것이 있는데 인칭, 수, 시제에 제한받지 않는 동사를 말한다. 김 군은 사람도 그런 종류가 있다고 생각했다. 어떤 환경에도 굴하거나 제한받지 않는 부정사 같은 사람. 생각해 보면 김 군의 부모도 부정사 같은 사람들이었다. 영어를 인생의 진리로 받아들이고 어떤 환경과 공간에서도 굴하지 않고 영어만을 강조했으니 말이다.

사실 김 군의 부모가 그렇게 되어 버린 것이 김 군 부모만의 잘못은 아니라고 김 군은 생각했다. 영어를 단순히 영어를 사용하는 외국인과 소통하는 언어로 생각하면 되는데, 한국에서는 그만 신분상승의 수단이 되어 버린 탓이다. 아무것도 못해도 영어만 잘하면 인정받을 수 있는 사회가 되다 보니 한국 국적을 포기하는 원정출산도 생겼고, 한때는 서울의 강남 같은 곳에서 영어 발음을 위해 아이들의 '혀 수술'을 감행하는 일도 벌어졌다. 또 따로 조사해 보지는 않았지만 한국 내의 수많은 입시학원과 어학원에서 영어가 창출해 내는 경제 효과와 시장 규모 역시 어마어마하리라는 건 누구나 아는 사실이다. 게다가 요즘에는 연예인도 영어를 못하면 이른바 한류 바람에 끼지 못한다고 하니, 인류가 이 지구 위에 존재하는 한 영어는 국제 공용어로서 존재하며 부정사처럼 시간과 공간에 제한받지 않고 변함없이 김 군을 괴롭힐 것이 분명했다.

김 군의 입에서는 긴 한숨이 흘러나왔다. 그래도 이 세상에 세라가 있기에 다행이라는 생각이 들었다.

제4장 동명사

확률적으로는 네 가지에서 답을 고르는 것보다 두 가지에서 고르는 것이 더 쉬울지 모르나, 졸업 후 인생의 실전에서 자기 앞에 두 가지 선택이 주어진다면 사지선다형 문제에 익숙한 사회 초년병들은 당황해할지도 모른다. 그러나 영어를 싫어하는 김 군의 가치판단 기준은 모조리 영어를 써야 하는 상황이냐 쓰지 않아도 되는 상황이냐에 따라 결정되었으므로 남들보다 한결 쉽게 인생의 결정들을 내릴 수 있었다.

김 군은 고등학교 졸업 후 대학 전공을 '국어국문학과'로 정했다. 전공 공부를 하는 데 영어가 전혀 필요 없을 것이라는 판단 때문이었다. 아들이 국문학과를 택하자 김 군의 부모는 길길이 날뛰며 말렸다. 그러다가 결국 대학 등록금을 지원하지 않겠다는 초강수를 두었다. 재수를 시키면 시킬망정 절대로 현대 사회를 살아가는 한국인에게 별 영양가 없는 '국문학과' 같은 데에 보내지 않겠다는 어머니의 강력한 의지 때문이었다. 남들이 들으면 인정할 만한 좋은 대학의 '국문학과'였는데도 그러는 것이 너무한다 싶었던 김 군은 그렇다면 군대라도 가 버리겠다고 강짜를 놓았다. 그래도 씨가 먹히지 않자 온 집안이 뒤집히도록 부모와 한바탕 소동을 일으킨 뒤 가출을 해 버렸다. 영어를 종교처럼 떠받드는 광신도 같은 자신의 부모가 한심하기도 했고, 앞으로 자신은 더 이상 영어라는 종교 밑에서 살 수 없다는 판단 아래 가출을 감행한 것이었다. 지방에서 자취를 하는 고등학교 동창 집으로 피신한 김 군은 몸에서 땀이 알코올로 흐를 정도로 매일 술을 마셨다.

가출하고 한 달이란 시간이 흐르자 갑자기 한 사람의 얼굴이 김 군의 마음에 그리움으로 떠올랐다. 세라였다. 그녀를 머리 속에서 지우려고 술을 더 때려 넣어 보아도 취하기는커녕 이미 뇌 속에 똬리를 튼 그녀 생각은 시간이 갈수록 더욱 명료해졌다. 아무리 술이 취해도 오직 세라의 얼굴만이 김 군의 뇌리에서 떠나갈 줄 몰랐다.

"너 그러다가 뒈진다."

매일 술을 마셔 대는 김 군을 걱정스럽게 바라보던 친구가 한마디 했는데, 김 군 자신이 생각해도 정말 뒈질 것 같았다.

"너 군대 간다면서? 그 꼬락서니로는 신체검사도 못 받겠다."

신체검사도 신체검사지만 자신의 이 몰골로는 세라를 만나는 것도 무리라는 것이 더 신경 쓰였다. 김 군은 가진 돈도 떨어진 데다 집안 분위기도 살필 겸 해서 며칠 동안 술을 끊고 몸을 추스른 뒤 동생에게 삐삐를 쳤다. 보고 싶다고 집 앞 제과점으로 나오라고 하고는 약속시간보다 더 일찍 나가서 기다리는데 귀찮은 듯한 표정으로 동생이 제과점으로 불쑥 들어왔다. 그런데 놀랍게도 세라도 같이 따라 들어오는 것이었다.

"어? 세라 네가 웬일이야?"

한 달 정도 못 본 사이에 두 배 정도 더 예뻐진 세라는 엉거주춤 의자에 앉으며 아무 말 없이 김 군을 바라보았다.

"오빠 가출하고 난 다음 엄마가 얼마나 날 감시하는 줄 알아? 세라 언니랑 같이 나가는 거 아니면 밖에도 못 나가게 해."

여동생은 그러면서 시시콜콜 그동안 있었던 이야기를 김 군에게 해 주었다. 그러나 그 어떤 말도 김 군의 귀에는 들어오지 않았다. 세라를 바라보는 시각을 위해 청각을 막아 버렸기 때문이다.

한참을 그렇게 세라를 바라보다가 김 군은 비장한 표정으로 동생에게 군대에 가기로 했다고 말했다. 마치 전쟁에라도 나가는 것처럼 .

"가고 싶으면 가. 갈 거면 가 버리지, 난 왜 불러내고 난리야?"

싸가지 만발하게 대답하는 동생의 말을 한 귀로 흘리며 김 군은 곁눈으로 세라의 반응을 살폈다. 세라는 조용히 탁자 위에 놓인 커피만 홀짝이고 있었다. 그때 김 군은 그녀의 얼굴에서 마치 영어의 동명사처럼 동사도 되고 명사도 되는 야누스적 신비감을 처음으로 느꼈다. 성스럽고 고귀하고 순결한 동정녀와 배꼽을 드러내고 유혹을 춤추는 페르시아의 무희가 묘하게 한 몸으로 복합된 것 같은 신비로움이 그의 마음을 강타했다. 너무 강렬해서 김 군의 손가락 근육이 불 위의 오징어처럼 오므라들어 들고 있던 포크와 빵을 바닥에 떨어뜨릴 정도였다.

"생쇼하고 있네."

동생은 자리에 일어나며 눈을 흘겼다.

"빵 값은 내가 낼 테니까 오빠는 제발 군대 가서 사람 돼서 돌아와라, 알았지? 언니 가자!"

김 군은 동생과 세라가 일어나자마자 순간적으로 세라의 체취를 맡기 위해 자신의 시각과 청각을 접고 온몸의 에너지를 후각에 집중시켰다. 0.5초 동안 맡은 세라의 향기를 음미하기 위해 동생과 세라가 제과점을 나간 뒤에도 김 군은 0.5시간 동안 그대로 자리에 앉아 있었다.

세라의 향기는 풋풋하면서도 관능적인 느낌이 동시에 들어 있었다. 김 군은 세라를 만나고 난 뒤 연료를 충분히 공급받은 터보엔진처럼 힘차게 신체검사를 받았다. 1급이었다.

김 군은 신병 훈련을 위해 논산 훈련소로 들어갔다. 집안에서도 군대에 갔다 오면 정신을 차릴 수 있으리라는 생각에 입대를 말리지 않았다. 김 군은 세라만을 생각하며 그렇게 힘들다는 신병 훈련을 무사히 마쳤다.

그러나 김 군의 기쁨은 오래가지 않았다. 훈련 뒤 '카투사'로 차출되었기 때문이다. 김 군과 같이 훈련받은 동료들은 '남들은 시험 쳐서 들어가는 카투사'에 걸린 김 군에게 행운아라며 혀를 내둘렀고, 김 군은 군대에서도 벗어날 수 없는 영어의 올가미에 머리를 내둘렀다.

제5장 분사

영어를 못하는 김 군의 카투사 이병 생활은 지옥 그 자체였다. 전임들이 모여 미군과 영어 대화가 불가능한 김 군을 재배치해 달라고 상부에 편지를 쓰자는 회의까지 했다. 전임들이 김 군의 재배치 요청 편지를 쓰는 동안 김 군은 영어 한마디 못하는 별종이라며 두들겨 맞았다. 그런데 상부의 회신에는 그런 전례가 없다고 제대까지 김 군을 그대로 두라는 명령이 담겨 있었다. 답장을 받고 나서 전임들은 더 화가 뻗쳐 김 군을 또 두들겨 팼다. 그렇게 김 군을 때리다가 자신들 손도 아프고 지치니 김 군의 하급병들에게까지 김 군을 때리라고 시켰다.

"저 자식 입에서 영어로 비명이 나올 때까지 두들겨 패!"

그중 제일 독종인 한 상사는 김 군의 눈이 찢어지고 입술에서 피가 나오는데도 아랑곳하지 않고 미친 듯이 날뛰었다.

사실 독종 상사와 김 군은 처음부터 어긋났다. 독종 상사는 군에 들어오기 전 일류 호텔 요리사를 꿈꾸던 까다로운 입맛의 소유자였다. 그런 그가 처음 김 군을 만나 신고식에서 라면을 끓이라고 명령을 내렸는데, 귀하게 자라 한 번도 자기 손으로 라면을 끓여 본 적 없는 김 군이 그만 국물이 과도하게 들어간 물라면을 그의 앞에 내놓았던 것이다. 세상에서 제일 싫어하는 것이 물라면이었던 독종 상사는 그날로 김 군과 원수지간이 되었다.

그래도 독종 상사 외에 다른 부대원들은 신기할 정도로 영어를 못하는 김 군을 오히려 따스하게 대했다. 측은하게 생각했는지 독종 상사의 눈을 피해 김 군에게 도움의 손길을 주었다. 같은 부대 소속 미군들도 김 군에게만은 최대한 영어를 쓰지 않고 어디서 배운지 알 수 없는 한국말을 했다.

"킴! 빨~리 빨~리 해~."

자신에게 한국말을 하는 미군들이 귀엽기도 하고 한편으로는 영어하는 나라에서 태어난 그들이 부럽기도 했다. 자신이 왜 이렇게 영어를 못하는지, 태어날 때부터 영어 못하는 유전인자라도 갖고 태어난 건 아닌지 김 군은 그 이유를 도대체 찾을 수가 없었다. 혹시 갓난아기 때 어떤 정신적 충격을 받아 외국어 능력을 잃어버린 게 아닌가 하는 정신 분석도 해 보았다.

적자생존의 진화론이 지배하는 세계라면서 5천 년이 넘는 한반도 역사가 흐르는 동안 왜 자신의 영어 구사 능력은 제대로 진화되어 전해지지 않았을까 김 군은 참으로 궁금했다. 어딜 가나 단지 영어를 잘하지 못한다는 이유로 차별하는 이 한국 사회가 너무 부당하다고 김 군은 생각했다.

동사에 –ed와 –ing가 붙어 과거분사와 현재분사가 되어 동사와 형용사의 성질을 나누어 가져 분사(分詞)라 불리는 문법이 있는데, 잠자리에 누운 김 군은 –ed와 –ing처럼 척 가져다 붙이기만 하면 입에서 영어로 말이 나오는 컴퓨터칩이 있으면 얼마나 좋을까 상상의 날개를 폈다.

제6장 조동사

김 군은 자의 반 타의 반으로 다시 영어 회화 공부에 몰두하게 되었다. 제대를 앞둔 독종 상사가 마지막으로 김 군을 잡아 보겠다고 작정이라도 했는지 매일 밤 영어 회화 연습을 하라고 닦달했기 때문이다.

김 군은 밤마다 화장실의 소방 등 아래서 영어로 말하기 연습을 반복했다. 그러다가 누가 화장실로 다가오는 기미가 보이면 얼른 화장실 안으로 몸을 숨기곤 했는데, 어느 날 화장실로 몰려온 같은 막사 동료들이 독종 상사에 대해 하는 이야기를 엿듣게 되었다.

독종 상사는 지방에서 중학교만 마치고 농사일을 돕다가 군에 입대했다고 한다. 김 군이 듣기에도 독종 상사의 영어가 문법도 안 맞고 수준도 높지 않다고 생각했기에 그리 놀라지는 않았다. 하지만 독종 상사는 김 군과 달리 미군들 앞에서 자신이 아는 몇 개 영어 단어로 허풍스럽게 아주 잘 떠들었고, 신기하게도 미군들은 그 허접한 영어를 잘도 알아들었다.

김 군은 그제야 자신의 몸속에 영어 DNA가 있고 없고의 문제가 아니라 터무니없이 높은 자존심이 문제라는 사실을 깨달았다. 자존심을 죽이고 좀 비굴해 보여도 독종 상사처럼 말도 안

되는 영어를 피에로같이 얘기해 버릇해야 하는데, 그렇게 하지 않으니 영어로 말하는 게 어렵기만 하고 늘지 않았던 것이다.

자본주의가 지배하는 전 세계 거의 모든 나라들이 그렇겠지만 유독 한국 사회는 돈으로 계급이 갈리는 사회다. 오죽하면 프랑스의 중산층 기준이 외국어를 하나쯤 할 줄 알고, 악기 하나를 다룰 수 있고, 최근 읽은 책을 토대로 대화할 수 있어야 하는 것이라면, 대한민국에서는 30평대 아파트와 중형차를 소유한 것이 중산층의 기준이라고 아무렇지 않게 말하겠는가. 양반이나 귀족, 왕족 개념은 없어졌다고 해도 한국 사회는 돈만 있으면 학벌도 사고, 명예도 사고, 사람의 마음도 사는 것이 가능한 철저히 자본 중심의 계급 사회다.

그런데 그 돈이 수중에 좀 더 쉽게 굴러 들어오게 하려면 영어를 숭상하는 한국에서는 영어를 할 줄 알아야 하는 것이다. 영문법에서 동사를 도와주는 조동사처럼, 한국에서 돈을 모으게 도와주는 것이 바로 영어다. 조부모 때부터 미제를 사들이고, 영어로 집안을 덧칠하고, 자식들이 무엇보다 영어를 잘하도록 혹독하게 훈련시키고, 시도 때도 없이 영어를 섞어 말하는 김 군의 부모가 바로 그 증인들이다.

이렇게 모든 것이 깨달아지자 김 군은 참담했다. 그저 보통 사람들 하는 만큼만 영어를 할 수 있어도 '잘난 부모' 덕에 어느 정도 한국 사회에서 대우받으며 살 수 있었을 텐데… 인생의 조동사격인 영어를 이렇게 못하니 앞으로 어떻게 살지 암담했다. 영어를 못하는 이 병을 고칠 수만 있다면 자신의 혼이라도 팔 수 있을 텐데 한탄하며 김 군은 소리 없이 눈물을 흘렸다.

제7장 태

영어 문법에서 동사(동작)와 그 주어 또는 목적어와의 관계를 태(態)라는 단어로 설명한다면, 김 군과 영어와의 이 질기고도 어이없는 관계는 묘할 묘(妙) 자로 표현할 수 있을 것이다. 그것은 묘하게도 김 군이 영어 공부를 열심히 하면 영어 쓸 일이 없어지고, 안 하면 영어를 해야만 하는 환경이 되기 때문이었다.

영어를 해야겠다고 독하게 결심하고 공부해서 그럭저럭 영어로 어느 정도 말할 수 있게 될 무렵 독종 상사가 휴가를 나갔다가 음주운전(그것도 경운기!)으로 사고를 내고 말았다. 사고가 나자 부대에서는 어차피 말년이라고 그대로 병가 처리를 해서 독종 상사를 일찍 제대시켰다. 그 바람에 김 군이 최고참이 되었는데, 김 군이 영어를 못한다는 것을 벌써부터 알고 있던 하급병들은 자기들끼리 알아서 미군들과 일사분란하게 업무를 처리했다. 이렇게 되자 독종 상사 때문에 열심히 영어 공부한 것이 무색하게 되었고, 결국 다시 영어를 한마디도 하지 않고 말년 병장 생활을 하다 제대하게 되었다.

제대해 보니 대부분의 동기들은 군대에 간 상태라 학과에는 후배들만 그득했다. 그들과는 대화도 잘 안 통하고 어울리는 것도 별 재미가 없었다. 게다가 마땅히 갈 데도 없어 김 군은 마침내 집으로 다시 들어갔다. 김 군의 아버지와 어머니는 아들이 카투사로 제대한 것이 자랑스럽다며 잔치까지 벌이며 호들갑을 떨었다. 가정부였던 자야 아줌마와 그 가족은 이제 더 이상 김 군의 집에 머물지 않았다. 간호학원에 들어간 세라와 그녀의 동생이 나름대로 돈을 벌게 되어 세라 아줌마가 더 이상 가정부 생활을 할 필요가 없었던 모양이다. 김 군의 여동생도 대학생이 되었는데, 한국에서 대학생이 하는 일이라고는 밖에서 술 마시고 노는 일밖에 없는지 평상시에는 집에서 얼굴 보기도 힘들었다. 아버지와 어머니 역시 강의 준비로 각자의 서재에서 나오는 일이 별로 없었다.

김 군은 거의 1년 동안 영어 스트레스 없는 김 군만의 공간에 틀어박혀 지냈다. 그나마 독종 상사 덕분에 익혔던 얼마 되지 않는 영어마저 머리 속에서 차츰 사라지고, 할 일이 없으니 식성이 자라기 시작했다. 집안의 냉장고에는 미국인 식성에 맞는 고

칼로리 육류 식품이 가득 차 있었는데, 김 군은 그것을 내키는 대로 입 안에 털어 넣었다. 결국 풍선처럼 부풀어 오른 김 군의 몸매는 엎어져 누우면 혼자서는 바로 돌아누울 수도 없을 정도에 이르렀다. 폭식을 하는 건 아니었지만 제어하지 못하고 끊임없이 무언가를 입에 집어넣으니 시간이 갈수록 몸 상태가 심각해졌다.

어느 날인가 새벽 두 시가 다 되어 부모 몰래 살금살금 집에 들어오던 동생이 부엌을 통과하다가 냉장고에서 고기를 꺼내 로스구이를 해 먹는 육중한 김 군의 몸을 보고는 공룡 화석을 발견한 고고학자처럼 괴성을 질렀다.

"오 마이 갓."

"오 마이 갓? 조선 시대도 아닌데 웬 갓 타령?"

고개 돌리기도 힘든 듯 동생을 쳐다보지도 않고 입에 고기를 털어 넣으며 김 군이 대꾸했다.

"너 미쳤구나! 군대 갔다 오면 인간 될 줄 알았더니, 공룡이 되어 가네."

동생은 측은하다는 듯 혀를 쯧쯧 차며 김 군이 앉아 있는 식탁으로 다가와 김 군의 신경을 긁어 대는 말을 하기 시작했다.

"공룡들이 뇌가 작아서 멸종했다고 하던데… 오빠를 보니 그 말이 맞는 것 같아."

"저리 가라."

"저리 가라를 영어로 한번 해 봐. 그럼 저리 가 줄게."

처음에는 동생이 취한 것 같아 무시하려 했던 김 군은 동생의 입에서 '영어'라는 단어가 나오자 용수철 튀듯 발끈 자리에서 일어났다. 그런데 그만 일어나는 김 군의 무릎에 식탁 끝부분이 걸리면서 식탁이 엎어지고 말았다. 식탁이 엎어지며 식탁의 접시 위에 가지런히 놓였던 로스구이가 사방으로 튀었는데, 묘하게도 뜨거운 기름과 함께 미니스커트를 입은 동생의 허벅지에 몇 점이 떨어졌다.

— 으악!

김 군의 동생은 비명을 지르며 바닥에 쓰러졌다.

제8장 법

김 군의 눈에는 전혀 1도 이상의 화상으로 보이지 않았는데 동생은 마치 난리가 난 것처럼 소리 지르며 목을 뒤로 30도 이상 넘기고 발광했다. 김 군은 급히 동생을 업고 응급실로 달려갔다.

"어? 여기 웬일이에요?"

집에서 제일 가까운 종합병원의 응급실로 들어섰는데 입구에서 세라의 동생 세희와 마주쳤다. 김 군은 잠시 자기 앞에 세라가 서 있는 것 같은 착각에 빠졌다.

"오랜만이네. 여기서 간호사로 일해?"

"아뇨, 아직 간호조무사로 인턴 과정이에요."

그러면서 그녀가 배시시 웃었는데 마치 세라가 웃는 것 같았다. 세라 동생의 얼굴에서 자꾸 세라가 읽혀지자 김 군은 그런 자신의 모습이 부끄러워 얼굴이 붉어졌다. 영문법에서 법(mood)은 "서술에 대한 말하는 이의 심적 태도를 나타내는 용언의 형태 변화"인데, 그것처럼 세상의 모든 것들이 조금이라도 세라와 관련이 있으면 김 군의 마음속에서 모조리 세라로 형태가 변화하는 것 같았다. 다른 사람에게 여간해서 관심을 나타내지 않는 김 군이었지만 세라의 안부만은 적극적으로 물었다.

"언니는 벌써 간호조무사 자격증 따고 이 병원에서 근무하고 있어요."

김 군은 이제 여기에 오면 세라를 만날 수 있다는 생각에 자기도 모르게 입가에 웃음을 머금었다.

"어디 있어? 온 김에 보고 싶은데…."

"어제 좀 안 좋은 일이 있어서 오늘 안 나왔어요."

"무슨 일이 있었는데?"

김 군이 놀란 얼굴로 물었다.

"여기서 수술한 당뇨 환자가 합병증으로 다리를 잘랐는데 자기 생각보다 다리를 더 잘랐다고 가족들까지 다 몰려와서는 병원 전체가 떠나가도록 난동을 부렸어요."

"그래서?"

김 군은 다그치듯 물었다.

"언니는 병원 사람들과 싸움을 말리다가 넘어져서 조금 다쳤고요. 그래서 본의 아니게 하루 쉬게 됐어요."

"도대체 얼마나 더 잘랐다고 그래?"

"3센티미터 정도요."

"어차피 자를 다리였는데 3센티 더 잘랐다고 사람이 다칠 정도로 그 난리를 부렸대?"

"그러게 말이에요. 그런데 언니는 뭐 그 사람 입장에서 생각해 보면 3센티 차이도 엄청난 거라고 오히려 두둔하던걸요."

김 군은 세라가 그러고도 남을 따뜻한 마음의 여자라고 생각했다. 김 군은 세라의 동생이 가 버리고 난 뒤에도 최면에 걸린 사람처럼 한참을 그 자리에 서 있었다.

제9장 명사

김 군이 병원에서 집에 돌아와 보니 청천벽력 같은 소식이 기다리고 있었다. 김 군의 아버지가 그토록 가고 싶어 하던 미국 대학교의 교환교수직을 정식 수락했다는 것이다. 이제는 문 밖에 나서는 동시에 영어만 써야 된다는 생각에 김 군은 그만 할 말을 잃었다. 반면 동생과 김 군의 어머니는 복권에라도 당첨된 사람처럼 부둥켜안고 울먹이기 시작했고, 김 군의 아버지까지 합세해 조국에 금메달을 안긴 운동선수처럼 감격해했다. 김 군만 그저 공허한 눈빛으로 그런 가족들을 바라보았다.

"일단 3년 이상은 머물러야 하니 이민 간다는 생각으로 이삿짐을 싸자고⋯."

아버지의 교환교수직 소식을 듣다가 '이민'이라는 단어 하나가 아버지의 입에서 흘러나오자 김 군의 머릿속에는 '이별'이란 단어가 떠올랐다. 누가 들으면 시작도 하지 않은 '사랑'에 무슨 '이별'이냐고 하겠지만, 김 군은 자신과 세라의 사랑이 '만남'과 '이별'의 순서가 뒤바뀐 특별한 것이라고 확신했다. 사실 언제 처음 세라를 만났는지 그리고 언제 김 군의 마음에 세라가 들어왔는지 그 '시작'을 김 군은 기억할 수 없었지만, 그 이유만으로도 세라와의 만남은 충분히 특별했다.

영문법 인생

166

세상 연인들은 평범하게 만나 레스토랑에 가서 스테이크 자르고, 한강에서 유람선 타고, 기차여행 하고, 의자가 180도로 젖혀지는 극장에 가서 영화 보고, 손잡고, 키스하고, 싸우고, 밸런타인데이 때 초콜릿 주고, 그러다가 사소한 일로 다투고 울고 술 마시고 화해하고를 몇 번 반복하다가 싫증나면 헤어지는 그런 흔한 사랑을 하지만 김 군은 세라가 무슨 음식을 좋아하는지, 여행이나 야외에 나가는 것을 좋아하는지, 멜로 영화를 좋아하는지 등을 전혀 알지도 못하고 알 수도 없다는 사실에서 그냥 그녀와의 사랑이 신비롭게만 느껴졌다.

미국으로 가게 되면 영어 문제보다 세라를 만날 수 없다는 사실이 더 김 군을 괴롭게 했다.

세라.

영어 때문에 미친 세상에서 치명적인 '영어 구사능력 결핍증'을 앓으며 순탄치 못한 삶을 산 김 군에게 '세라'라는 고유명사는 '영어 구사능력 결핍증'의 항생제였던 것이다. 그걸 왜 이제야 깨닫게 된 것일까? 아버지가 교환교수로 떠나면 나는 어떻게 해야 할까? 세라와의 사랑은 이대로 단념해야 하는 것일까? 수많은 질문이 김 군의 머리에 꽈리를 틀고 또 틀었다. 그러나 곧 세라와의 사랑은 잘 정돈된 시간의 순서를 포기해야 하는 특별한 것이므로 더 이상의 질문은 무의미하다는 생각에 그만 덮어 두기로 했다.

제10장 관사

온 집안 식구와 친척, 친지들이 총 동원되어 이사 준비를 하는 동안 김 군은 어떻게 하면 세라를 한번 만날 수 있을지 기회를 엿보았다. 동생은 마치 결혼식 준비를 하는 것처럼 이사 준비를 하고 있어 동생을 통해 세라를 만나는 것은 불가능해 보였다. 특별히 뾰족한 방법이 떠오르지 않았다.

김 군은 제대하고 처음으로 유심히 자신의 모습을 거울로 비춰 보았다. 그제야 김 군은 자신이 너무 살이 쪘다고 느꼈다. 세라가 살찐 자신의 모습을 보면 뭐라고 생각할까? 영문법에서 '관사'만큼 공부하기 까다로운 부분도 없는데, 그것처럼 몸에 찐 지방도 한번 찌면 빼기가 여간 까다로운 게 아니다. 이럴 줄 알았으면 군대 있을 때처럼 매일 운동이라도 할 걸 후회가 막급했다.

뱃살을 손으로 쥐고 흔드는데 기억의 비행기가 예전 자야 아줌마가 김 군의 집에서 가정부로 있던 과거의 공간으로 날아갔다. 자야 아줌마가 맛있게 요리해 준 밥 생각에 침이 고였다. 그때 아줌마가 해 주던 삼시세끼는 아직도 생생하게 기억날 정도로 언제나 맛깔스러웠다.

김 군의 어머니는 미국 방식이라면서 긴 식탁에 다 같이 앉아 식사하는 것을 즐겼다. 자야 아줌마와 두 딸도 같이 식사를 했는데, 그때 세라가 식사하는 모습은 게걸스럽게 먹는 김 군의 여동생과는 판이하게 기품과 교양이 흘렀다.

'그래! 먼저 저녁 식사를 한번 하자고 말해 봐야지.'

김 군은 세라와 세라 동생이 근무하는 병원으로 갔다. 곧바로 세라를 찾아가지 않고 인턴 교육을 받고 있는 세라의 동생을 찾아가 세라에게 연락할 수 있는 방법을 물었다. 워낙 가족 모두 오래 알고 지낸 관계인지라 세라의 동생은 아무 의심 없이 세라의 호출기 번호를 알려 주었다. 세라의 호출기 번호를 알아내고 집으로 돌아오는 길이 마치 세라와의 결혼식장으로 가는 길 같았다.

어서 이삿짐을 싸라는 어머니의 잔소리를 뒤로 하고 김 군은 자신의 방으로 가서 호흡 조절을 한 뒤 세라에게 삐삐를 쳤다. 삐삐를 치자마자 김 군이 당황할 정도로 금방 세라에게서 전화가 왔다. 김 군은 다쳤다는 소리를 들었는데 괜찮냐고 쭈뼛하며 안부부터 물었다. 그러자 세라는 별일 아니라고 하고는 자신의 엄마에게 김 군네가 미국으로 이사 간다는 소식을 들었다고 밝은 목소리로 덧붙였다. 그러고는 미국 가기 전에 한번 만나자고 세라가 먼저 제안을 해 왔다.

김 군은 당장 만나자고 약속을 하고 전화를 끊은 다음 군대에서 배운 대로 신속하게 머리 손질과 입고 나갈 의상을 선택했다. 만나서 서먹서먹하지 않게 써먹을 요량으로《최신 유머집》이란 책도 약속 장소로 가는 길에 구입했다.

제11장 대명사

제대하고 처음 본 세라의 모습은 또래 여자들 사이에서 한참 유행하는 일본풍 소녀의 모습이라기보다는 발랄한 아메리칸 스타일의 대명사인 팝 가수 '데비 깁슨'이나 '티파니' 같았다. 김 군의 마음에 혹시 세라도 그녀의 어머니처럼 미국을 동경하는 건가라는 불길한 의문이 들었다. 나오라고 한 약속 장소도 이태원의 아메리칸 스타일 음식점이었는데, 세라는 역시 미국 음식의 대명사인 햄버거와 프렌치프라이를 맥주와 함께 시켰다. 김 군은 미국 음식만 보면 입에서 구역질이 나왔지만 세라와 같은 음식을 시키고 어색한 자세로 식당 주위를 둘러보았다.

주위에는 여대생으로 보이는 한국 여자와 머리가 짧은 미군이 서로 끌어안고 애정행각을 벌이고 있었다. 김 군의 눈살이 찌푸려졌다. 영어 하나 할 줄 아는 재주밖에 없는 저런 미국 녀석들이 어떻게 한국이 영어 숭배국이라는 것을 알고 들어와서는 함부로 한국 여자들을 유린하는 것만 같았다. 도대체 한국 남자들은 뭘 하고 있는지 자괴감이 들었다.

김 군이 카투사로 있을 때에도 꽤 많은 한국 여자들이 미군부대 안으로 영어를 배운다고 들락날락하는 것을 목격했었다. 속사정은 어떤지 몰라도 김 군에 보기에는 그녀들이 미군들에게 용돈까지 쥐어주며 몸도 마음도 얹어주는 것 같았다. 어이없는 영어 숭배자들이라고 김 군은 미군들과 가까이 지내는 한국 여자들을 얼마나 욕했는지 모른다. 게다가 그런 한국 여자들은 한국 남자들을 더 우습게 보는 것 같았다. 세계 어느 곳에서도 일어나지 않는 이런 기이한 일이 한국 땅 한복판에서 영어 때문에 벌어진다고 생각하니, 김 군의 마음속에는 또다시 영어에 대한 한없는 증오심이 모락모락 피어올랐다.

도대체 영어가 뭐라고 수많은 한국 여인들을 혹하게 만드는지, 그런 사회현상과 영어의 권력 관계를 연구하고픈 생각마저 벌컥 들었다. 그 위에 자신이 영어로 말을 못한다고 그동안 살아오며 숱하게 받은 멸시와 핀잔이 주마등처럼 스쳐 지나갔다. 열등인간 취급을 받으며 흘린 눈물은 또 얼마나 많았는지 생각을 하면 할수록 치미는 분노로 눈알이 빨갛게 되었다. 이런 저런 생각에 끓어오르는 화를 간신히 누르고 식당 안을 둘러보던 김 군에게 세라가 꺼낸 말은 식당 전체가 떠나가게 비명을 지르고 싶을 정도로 충격적이었다.

"오빠, 내 남자친구도 불렀는데 괜찮지? 어, 저기 오네. Steve! right here!"

세라의 남자친구는 김 군이 지구에서 제일 싫어하는 대명사 격 인종인 흑인이었다.

제12장 형용사

세라와 헤어진 뒤 김 군은 말로 형용할 수 없는 끔찍한 시간을 보냈다. 어떻게 빼면 좋을지 걱정스러웠던 그 많았던 살이 어디론가 사라지고 피골이 상접할 정도가 되었다. 하도 술을 마셔 병원에도 몇 번 실려 갔다. 김 군의 부모는 김 군의 몸이 걱정되기보다 미국으로 이사 가는 계획에 차질이 생길지 모른다는 마음에 안절부절 했다.

김 군의 동생은 김 군이 누워 있는 병실까지 와서 지극정성으로 간호하며 어서 빨리 자리에서 일어나길 학수고대했다. 김 군은 술로 인한 심한 구토로 탈수현상이 일어났다는 병원의 진단을 믿지 않았다. 자신이 이렇게 된 것은 순전히 세라가 준 충격 때문이라고 굳게 믿었다. 병실에 혼자 누워 세라와 그녀의 미국인 남자친구 스티브만 생각하면 분노로 눈가에서 눈물이 흘렀다. 스티브가, 아니 영어가 세라를 빼앗아갔다는 생각에 머리가 어질해지면서 눈앞에 작은 소용돌이 같은 것이 돌았다.

'영어가 사랑하는 세라도 빼앗아갔어… 흑흑… 절대로, 절대로 영어를 용서하지 않을 것이다.'

김 군은 뼛속 깊이 분노를 느낄 정도로 영어가 혐오스러웠고, 미국도 더 가기 싫어졌다.

김 군은 미국에 갈 수 없다고 가족에게 말했다.

그 말을 듣고 평상시 영어를 섞어 말하며 언제나 교양 있는 태도를 견지하던 김 군의 어머니는 길길이 날뛰었다. 김 군의 머리채를 잡고 나 죽고 너 죽자며 흔들었다. 아버지는 부자의 연을 끊겠다고 딱 잘라 말했다. 동생은 신 내림 받은 무녀처럼 부들부들 몸을 떨었다.

김 군은 자신을 국가 반역죄나 사회 기강을 흔드는 극악한 죄를 저지른 죄인처럼 다루는 가족이 야속했다.

제13장 부사

마치 애완동물처럼 비행기에 실려 미국에 도착한 김 군과 김 군의 가족은 동부의 뉴저지 주 대학가 근처 한 아파트에 이삿짐을 풀었다. 도착해서 약 6개월간 가족들은 미국 생활에 적응하기 위해 바쁜 나날을 보냈지만 김 군은 딱히 하는 일 없이 하루 종일 침대에 누워 천장만 바라보았다.

한동안 김 군은 특별히 미국인과 접촉할 일이 없어 입국 당시 공항 검색대를 통과한 이래 영어를 한마디도 하지 않고 지냈다. 사실 공항 검색대에서도 비자와 입국 서류만 보여 주었을 뿐, 검색대원이 이례적으로 김 군에게는 한마디도 뭐라고 묻지 않아 영어 한마디 하지 않고 미국에 들어온 셈이었다.

대신 가족들이 치열하게 김 군의 몫까지 영어를 해 대며 정신없이 지냈다. 김 군의 아버지는 식당에 가서 햄버거 'three'를 'thirty'로 잘못 발음하는 바람에 햄버거 서른 개를 사 온 적이 있고, 피자나 샌드위치 가게에서 종업원이 어떤 토핑을 할 거냐는 질문에 무조건 'everything'이라고 말해 거대한 피자와 육중한 샌드위치를 먹게 된 일도 있었다.

김 군은 그런 가족들의 황당한 상황을 옆에서 보며 더욱 영어 할 엄두를 내지 못했다. 친구도 없이 외톨이로 지내는 김 군이 딱해 보였는지, 하루는 김 군 아버지가 아파트에서 가까운 한인 교회에 생전 처음 예배라는 것을 보러 가자고 제안했다. 김 군은 교회에서 마치 동사를 도와주는 부사 같은 한인 동포들을 여럿 만날 수 있었다. 그리고 그들과 교류하며 영어와 관련된 새로운 사실들을 접하게 되었다.

그러니까 그것은 영어를 못한다고 핀잔주고 차별하는 사람은 원어민이 아니라 한인이라는 사실이다. 그리고 한인 이민 1세나 1.5세의 자녀는 대개 미국에서 태어났어도 대학교에 들어가기까지는 어린아이 수준의 유치하고도 제한된 어휘로만 영어를 구사하는데, 그런 아이의 부모일수록 자신의 아이가 영어권이라고 자랑하며 완벽하게 영어를 구사한다고 말했다. 무엇보다 가장 이해가 안 되는 점은, 미국에 산 지 오래된 한인일수록 영화관에서 절묘하게 다른 사람들이 웃는 장면에서 같이 웃고는 나중에 극장 밖에 나와 무엇이 그렇게 웃겼는지 김 군이 물으면 가르쳐주기는커녕 막 화를 낸다는 사실이었다.

제14장 일치와 화법

미국에 온 지 3년이 흘렀을 때에도 김 군은 영어를 한마디도 하지 못했다.

영어를 하지 않고 미국 생활을 하는 것이 너무 불편해 며칠 동안 마음 단단히 먹고 밤낮으로 영어공부를 해도 이상하게 미국인 앞에만 서면 머릿속이 하얗게 되었다. 또 김 군이 아무리 생활영어 문장을 꿈에 나올 정도로 외워도 모든 미국인들이 김 군에게는 김 군이 전혀 예상하지 못한 질문을 영어로 해 대는 것이었다. 특히 미국인이 'what?' 'excuse me?'라고 김 군에게 묻는 순간이면, 김 군은 보디랭귀지도 불가능하게 온몸의 근육이 경직되기에 이르렀다.

만나는 모든 미국 사람들이 김 군을 무시했고 같은 한인들도 김 군을 따돌렸다. 영어에 대한 분노를 살짝 접고 영어와 타협을 하려 했는데, 영어는 자꾸 저만치 멀어지고 김 군의 처지는 점점 힘든 상황으로 치달으니 괴로워서 미칠 지경이었다.

아버지의 교환교수 계약기간이 끝나길 손꼽아 기다리던 김 군에게 김 군의 아버지는 미국에서 계속 머물 방법을 찾고 있다는 청천벽력 같은 말을 했다. 마른 날 날벼락 맞은 사람처럼 김 군은 울며불며 한국으로 돌아가자고 설득했지만 미국 생활에 완전히 만족한 나머지 가족들은 한목소리로 말했다. 가고 싶으면 김 군 혼자서 가라고.

제15장 전치사

김 군은 쓸쓸하게 혼자 귀국했다.

한국에 도착하자마자 세라를 찾아가 볼까 생각하며 망설였지만, 영어 광풍이 더욱 거세게 몰아치는 한국에서 세라가 또 어떻게 변해 있을지 몰라 만날 엄두가 나지 않았다.

김 군은 친척 집에 머물며 취직시험 공부를 했다. 공부에는 일가견이 있던 김 군은 처음 지원한 곳에 당당히 합격했다. 재벌기업 산하의 아동 교육 프로그램 개발 회사였다. 정신없이 신입사원 연수 기간을 보내고 정식 근무 부서를 발령받는 날, 김 군은 거의 만점에 가까운 영어시험 점수를 높이 평가한 임원진 전원의 추천으로 자신이 미국 지사로 보내진다는 사실을 알았다.

아… 또 미국….

김 군은 이제 영어가 단순히 하나의 언어라고 생각하지 않기로 했다. 영어(英語)가 아니라 떼려야 뗄 수 없는 살아 있는 영적 요물 영어(靈語)로 받아들이기로 했다. 하나의 생물체로 마치 전치사처럼 김 군의 인생 앞에서 김 군의 운명을 좌지우지하는 거부할 수 없는 몸의 일부분으로 인정하기로 했다.

자신과 영어가 한 몸이라는 운명을 받아들이기로 하고 다시 미국으로 들어가는 짐을 싸는데, 세라의 동생을 통해 세라의 소식도 들려왔다. 세라는 스티브와 결혼해 미국으로 갔다가 1년 만에 이혼하고 혼자 산다고 했다. 김 군의 온몸에 소름이 좌르르 흘렀다. 자신의 첫사랑이 어쩌면 영어로 인해 인생이 찢겨졌다는 사실에 공포감을 느꼈다.

제16장 접속사

"김 형의 고민을 완전히 해결해 드리겠습니다."

"뭐?"

김 군의 귀가 솔깃해졌다.

하루는 술을 마시다가 회사 동료에게 영어 못하는 고민을 자신이 살아온 이야기와 더불어 털어놓았는데, 그 사연이 너무 절절했는지 회사 동료가 술자리에 데려온 그의 친구가 조용히 김 군에게 말하는 것이었다. 그는 LA에서 영어의 말문이 트이는 용한 약을 구할 수 있다고 소곤거렸다.

사실 LA 코리아타운에서는 전화를 잘못 걸어도 상대편이 한국말로 '여보세요' 할 정도로 한국 사람이 많아 김 군은 동부에서 영어로 고군분투할 때보다 요즘 마음은 편했다. 물론 그럼에도 마음 한구석에는 영어에 대한 고민과 스트레스가 응어리져 있어 영어를 잘할 수 있는 약이 있다니 처음에는 허무맹랑하다고 생각했지만 계속 그의 말을 듣다 보니 차츰 마음이 솔깃해졌다.

"아니 평생을 영어 때문에 그렇게 고민하셨는데, 이제 좀 털어 버리고 싶지 않으세요?"

"에이, 농담이죠? 세상에 그런 약이 어디 있어요?"

"허참. 믿기 싫으면 믿지 마시고⋯."

그날 밤 잠자리에 누웠는데 김 군의 눈앞에 여태까지 영어를 못해서 받은 인생의 수모가 영화처럼 펼쳐졌다.

'먹으면 영어 잘하게 되는 약이라⋯.'

김 군은 약의 존재에 대한 허구성 여부보다 그 약을 먹고 난 뒤의 상황에만 생각이 접속되었다.

'에이, 세상에 그런 게 어딨어.'

콧방귀를 뀌고 자리를 돌아누워 잠이 들었는데, 그날 밤 김 군은 미국 대통령이 되어 백악관에서 아메리칸 드림은 있다고 연설하는 꿈을 영어로 꾸었다.

다음날 회사 동료로부터 그 약에 대해 말한 친구가 도박을 좋아하고 신뢰할 만한 사람이 아니라는 이야기를 듣고도 김 군의 마음은 벌써 약을 먹고 영어로 술술 말하는 환상에 빠진 뒤라 아무 말도 귀에 들어오지 않았다. 그만큼 김 군의 인생은 영어에게 시달렸던 것이다.

소심한 김 군은 몇 달을 고민하다 결국 그 약을 판다는 사람이 있는 곳을 알아내 아무도 모르게 찾아 나섰다. 찾아간 곳은 버몬트 3가의 어느 아파트였는데, 어렵지 않게 약 파는 사람의 방 앞에 도착해 늘은 대로 문을 약하게 세 번 두드렸다.

문이 살짝 열리면서 라틴 세통의 험악한 인상의 남자가 머리만 쑤욱 내밀고 멍한 얼굴로 서 있는 김 군을 노려보았다. 김 군이 천천히 100불짜리 지폐를 내밀자 남자는 검은 비닐봉지를 건네주고는 순식간에 손에 든 돈을 확 채어가 버리고는 문을 닫았다.

김 군은 약을 주머니에 쑤셔 넣고 도망치듯이 집으로 돌아왔다.

'내가 무슨 짓을 하고 있나.'

'에라… 돈 주고 가져왔는데 먹어나 보자….'

'그래, 이 약 먹고 인생을 바꾸는 거야.'

김 군의 마음은 잠시 흔들렸으나 그동안 영어 못해서 받은 고난을 한 방에 날리고 싶은 호기가 발동했다. 김 군은 눈을 탁 감고 봉지 속에서 약 두 알을 꺼내 단숨에 삼켰다.

약을 먹고 30분 뒤, 김 군은 무언가 정말 잘못되어 가고 있다는 직감과 동시에 입에서 비명소리가 흘러나왔다.

"으아아악! 배야…."

뱃속의 창자가 뒤틀리는 극심한 고통에 김 군은 그만 바닥에
자빠졌다.

"으악…."

사기꾼에게 걸려들었다는 후회를 압도하는 복통이 김 군의
정신을 오락가락하게 만들었다.

집엔 김 군 혼자였다.

김 군은 전화기를 향해 기어갔다.

간신히 수화기를 들고 응급 구조요청 번호를 눌렀다.

—This is 911. May I help you?

김 군의 얼굴은 일그러졌고 이마에는 땀이 비 오듯 흘렀다.

—Sir, what's wrong?

김 군은 더는 못 참겠다는 듯 입을 열었다.

"…어… 어… Help me… please… help me please! HELP
ME PLEASE! HELP ME PLEASE!"

영문도 모르게 영어 때문에 평생을 고생한 김 군을 비웃듯이
영어가 김 군의 입에서 튀어나오기 시작했다.

어느 이혼남의
신혼 일기

2009년 1월 1일

아침에 일어나는데 그만 허리를 삐끗했다. 눈가에 눈물이 고였다. 군대에 있을 때 선임에게 기합 받는답시고 잘못 맞은 후 영 시원찮은 허리였는데 드디어 올 것이 왔다. 순간 너무 큰 고통이 밀려와 일어나지도 못하고 잠시 그대로 누워 있었다. 몸을 꼼짝 할 수 없었다. 망년회로 밤늦게까지 마신 술로 인한 숙취와 사무실의 새 프로젝트로 과로해 늘어졌던 온몸의 신경이 허리 통증을 통해 한 방으로 '나 살려 달라'고 아우성치기 시작했다. 평상시에는 몸에 붙어 있는지 의식하지도 못했던 이놈의 허리 척추뼈가 이렇게 중요한 몸의 한 부분이라니 새삼 놀라운 생각까지 들었다.

하기야 인간이라는 짐승도 척추동물로 구분되지 않는가?

허리뼈가 이처럼 중요한 기관이었다는 사실에 감탄하며 남자의 갈비뼈로 지었다고 하는 여자라는 존재에 대해 문득 궁금증이 일었다. 있을 때는 모르다가 없으면 고통스러운 여자라는 존재… 특히 아내라는 존재는 더욱 그런 것 같다.

있을 때는 모르다가 사라지면 고통스러운 아내라는 존재….

합의이혼한 지 한 달이 지나며 아내의 존재는 내게 고통으로만 남았다. 말로도 표현되지 않는 궁극의 '고통'이라고나 할까. 관계를 청산하면 시원해지겠지 싶어 이혼 서류에 도장은 찍었지만 추운 날씨와 맞물려서도 전혀 시원해지지 않았다. 도대체 왜 이혼했는지 의구심도 일었다.

술을 마시다가 '왜 이혼을 했을까?'라고 했더니 상구라는 놈이 취한 목소리로 '이혼을 해 봐야 이혼한 이유를 알 수 있다'는 뭔 말인지 알 수 없는 개똥철학을 풀어 놨던 기억이 난다.

세상에 고통당하고 싶어 발악하는 인간이 어디 있단 말인가? 이렇게 고통스러울 줄 알았다면 절대로 이혼하지 않았을 텐데… 마음이 휑한 것이 정말 어느 노래 가사처럼 '총 맞은 것 같은 기분'이 들었다. 그러다가 그 '총 맞아서 구멍이 난 것 같다'는 표현도 내 상황을 충분히 설명해 주지 못한다는 생각이 들었다. 심장에 총을 맞아 총구멍이 나면 우리 몸은 '얼른 세상을 뜨도록' 프로그래밍되어 있어 생각할 겨를도 없이 죽을 텐데 어떻게 고통을 음미한단 말인가? 내 이혼의 고통은 '총 맞은 것처럼'이 아니라 '총 맞은 것보다 더'로 바꾸어야 더 정확한 표현이 될 것이다.

오늘이 새해 첫 날인데 이런 나를 낳아 준 부모님께 찾아뵙고 문안인사라도 드려야겠다는 생각으로 몸을 다시 움직여 보았다. 그러나 내 의도와는 정반대로 몸이 두 개로 분리되어 따로 노는 듯한 불쾌한 느낌이 요통과 함께 다시 한 번 나를 자지러지게 만들었다.

차가운 바닥에 누워 있으니 이대로 내가 죽으면 아무도 나를 찾지 않으리라는 고독감이 공복감과 함께 밀려 왔다.

2008년 12월 31일

알람이 정신없이 울려 억지로 눈을 떴는데, 이상하게 몸이 말을 듣지 않았다.

그냥 가만히 그대로 누워 있었다.

몸이 마치 천 근 만 근 쇳덩어리가 된 것 같았다. 그러나 저러나 몸을 이렇게 전혀 움직일 수 없다니… 누가 밤새 내 몸뚱어리를 100년은 된 소나무에 이식이라도 해 놓은 것 같았다.

몸을 꼼짝달싹 할 수가 없었다.

몸을 움직이려고 몇 번을 시도하다가 일어나 봐야 할 일도 없는데라는 생각에 다시 눈을 감았다.

일단 눈을 감자 몸이 깃털처럼 자유로워졌다. 새처럼 날아다니는 기분마저 느껴질 정도였다. 마치 영혼이 육체에서 이탈한 것 같은 환상이 눈앞에 펼쳐졌다.

아무 어려움 없이 내 몸이 누운 어두운 방 안을 떠나 밝은 햇볕이 연극 무대의 스포트라이트처럼 구석구석을 비추고 있는 거실 쪽으로 날아갔다. 화려한 조명과 달리 너저분하게 거실 바닥에 흐트러진 옷가지와 냄새나는(모든 것이 실제처럼 생생했다) 양말들은 엄청난 조명 때문에 박물관의 예술작품처럼 보였다. 아니, 마치 세상의 인간들이 모조리 유체이탈하고 남긴 옷가지들처럼 보였다. 옷은 그 사람의 인격과 사회적 위치, 그리고 자신을 표현하고자 하는 욕망을 적절하게 표현해 주는, 사람에게는 절대로 필요한 '도구'인데, 그 도구들을 벗고 날아가 버렸다는 것은 인간 이상의 존재, 즉 철학이 말하는 초인이 되었다는 뜻 아닐까.

눈을 감고 공중을 날아다니는 상상이 점점 즐거워졌다.

'진작 이렇게 할 걸.'

하지만 나는 눈앞에 피하고 싶은 상황이나 도저히 있을 수 없는 끔찍한 장면이 펼쳐지면 동상처럼 움직이지도 않고 그대로 선 채 눈만 감아 버리는 이상한 버릇이 있었다. 아주 무기력하게 말이다.

지금은 없어진 '육성회비'라는 돈을 기한 안에 학교에 가져가지 못해 선생님에게 기압을 받았던 초등학교 때도, 학생과장이라는 사람에게 아무 이유 없이 맞았던 고등학교 때도, 원서를 넣은 곳마다 떨어지는 대학 입시 상황 속에서도, 군대 선임 상사의 무자비한 폭력이 몰아칠 때도… 그리고… 어렵게 아내의 뱃속에 들어앉은 우리 아기가 이유를 알 수 없는 고열에 죽어 버렸을 때도 나는 그냥 눈을 감고 마냥 무기력하게 서 있었다.

우리 아기….

잠시 자유롭고 솜털 같았던 내 몸이 '우리 아기'라는 단어가 머리에 떠오르자마자 갑자기 무저갱으로 추락했다. 고함과 비명이 온몸을 휘감더니 용수철처럼 눌려 있던 슬픔과 절규가 이곳저곳에서 막 튀어 올랐다. 그 수는 내가 살아 온 인생 속 모든 슬픔과 절규의 수와 맞먹는 것 같았다.

—당신이 그렇지 뭐….

내가 아이의 시체 옆에서 아무 말 없이 눈을 감고 서 있는데 아내는 그렇게 말했었다.

　―당신은 언제나 그렇지 뭐.

　마치 '열려라 참깨' 같은 마법의 주문처럼 아내가 그 말만 하면 나는 괴물로 변했다.

　눈에는 악어의 눈물을 한껏 품고 피부에는 힘줄들이 흉측하게 툭툭 불거진 징그러운 괴물로 나는 변했다. 그리고는 아내에게 괴물의 생김새 같은 폭력을 보여 주었다. 그 폭행과 폭언은 괴물이 아내에게 퍼부은 것이므로, 정신을 차리고 내 모습으로 돌아와서도 나는 그저 가벼운 후회 또는 미안함을 가질 뿐이었다.

　'나는 아무 책임이 없다. 아내가 부른 그 괴물이 다 저지른 일이다.'

　고해성사를 마치고 무거운 죄의 굴레를 벗어던졌다고 여기는 가톨릭 신자의 기분이 바로 이런 기분일 것이다.

　하지만 아내는 내 속의 이 영험한 괴물의 존재를 알아차리지 못했던 것 같다. 그래서… 나와 이혼을 한 것이다. 아내가 그 괴물의 존재를 알았더라면 나와 이혼하지 않았을 것이다. 잘못한 것은 그 괴물인데 왜 나와 이혼하겠는가?

어느 이혼남의 신혼 일기

2008년 12월 30일

눈을 떴다.

이상하게 어제와 똑같은 장면이 반복되는 느낌이 들었다. 미친 듯이 달려도 다람쥐 쳇바퀴 속에 갇힌 것 같은 썩 좋지 않는 느낌. 어제 도대체 무엇을 했는지 전혀 생각이 나지 않았다. 가위로 싹둑 잘라 버린 듯한 시간의 끈들은 어디로 갔을까? 어제 일기의 날짜를 보니 12월 31일이라고 적혀 있었다. 그리고 뭔가를 써 놓았는데 아무리 읽어도 2008년도의 마지막 날인 12월 31일에 내가 뭘 했는지 전혀 기억나지 않았다.

하루 정도 틀릴 수도 있고 12월 31일에 대한 기억이 전혀 없었으므로 오늘 날짜를 '2008년 12월 30일'이라고 나는 확신했다.

일기장 페이지 제일 위에 '2008년 12월 30일'이라고 적어 넣었다. 그리고 어제 적힌 '12월 31일'을 지우개로 고쳐 쓰기 위해 일기장이 놓여 있던 책상의 서랍들을 뒤져 보았지만 지우개를 찾을 수가 없었다. 지우개는 언제나 주위에서 뒹굴다가 정작 필요할 때는 사라진다는 말이 틀리지 않았다. 지우개를 찾기 위해 서랍을 뒤지다 문득 종이 한 장을 발견했는데, 이렇게 적혀 있다.

협의이혼을 하기 위해서는 법원에 비치된 협의이혼 의사 확인 신청서 1통, 호적등본 1통, 주민등록등본 1통, 이혼신고서 3통을 작성해서 협의이혼 담당자에게 제출해야 합니다. 법원에 갈 때에는 당사자가 가야 합니다. 대리인을 통해 신청하는 것은 허용되지 않습니다. 당일 법원에 비치된 양식에 작성해도 되지만 '빠른 수속'을 위해 미리 양식을 구해서 작성해 가져가는 것이 좋습니다.…

여기까지 읽자 마지막 줄에서 아내의 얼굴이 떠올랐다.

둥그런 얼굴, 둥그런 눈, 둥그런 입술….

그런 둥글둥글한 아내의 모습처럼 우리 결혼생활도 둥글둥글했으면 좋았을 텐데….

나는 주먹을 불끈 쥐었다. 어금니를 꽉 깨물었다. 알 수 없는 분노가 스멀스멀 올라왔다. 도대체 무엇이 잘못되었단 말인가? 어릴 때부터 평범한 가정과 환경 속에서 나는 뭐든 노력을 기울이며 살아왔다. 구슬치기, 딱지치기, 당구, 전자오락 같은 하찮은 것들조차 전력투구 리스트에 올려놓고 열심히 했었다. 열심히, 무조건 열심히.

그것이 내 인생의 좌표였다. 그렇게만 하면 내 손에 반드시 뭔가가 쥐어졌다.

그러나 결혼은 뭔가 달랐다.

열심히 결혼생활을 하자는 어색한 표어를 걸어 놓고 여태까지 열정적으로 살아온 내 인생의 방식대로 결혼생활도 잘하려고 나는 많은 노력을 기울였다. 그러나 그러면 그럴수록 행복한 결혼생활은 파랑새처럼 날아가 버렸다. 완전히 시야에서 벗어났으면 포기라도 했을 텐데, 손을 뻗으면 닿을 만한 거리에 멈춰서서 한껏 나를 약올렸다.

갑자기 허리 통증이 왔다. 약이 바짝 올라 나도 모르게 몸에 힘을 주니 다시 통증이 왔다. 통증이 허리부터 시작해 왼쪽 다리의 뒤를 스쳐 지나가는데 묵직한 구렁이가 내 몸 위를 스쳐 가는 느낌이었다. 도대체 언제부터 내 허리가 이랬지… 생각이 나지 않았다.

2008년 12월 29일

잠에서 깼다.

침대 위엔 나 혼자만 누워 있었다. 아내는 도대체 어디로 간 것일까? 아내는 언제나 내가 찾을 때마다 없다. 침대에서 일어나려는데 허리에 약간 뻑뻑한 느낌이 들었다. 침대에 앉아 정신을 가다듬었다. 출렁이는 침대의 탄력 때문에 허리의 신경이 어긋났는지, 박자가 맞지 않는 나와 아내처럼 통증이 파도같이 밀려왔다. 눈물이 찔끔 날 정도의 통증이었으나 혼자 우는 것도 서럽고 이상해서 꾹 참았다. 아무리 내가 남자라도 내 눈물에 관심 가져 줄 사람이 아무도 없다는 사실이 뼈가 사무칠 정도로 서러웠다. 만약 내가 죽으면 죽은 지 오래되어 썩은 냄새 풍기며 발견되는 것은 아닐까 하는 상상으로 실제로 내 코를 거머쥐기도 했다.

배가 너무 고파서 아픈 몸을 억지로 일으켜 주방으로 갔다. 오렌지색과 베이지색이 어색하게 조화된 주방의 가구 색이 무척 눈에 거슬렸다. 부엌 수납장 하나를 열어 보니 형형색색의 비닐봉지가 들어앉아 있었다. 비닐봉지 겉에는 '김' '다시용 멸치' '오징어채'라는 글씨가 적혀 있었다. 분명 아내가 쓴 글씨였다. 도대체 아내는 어디로 간 것일까? 나는 부엌을 나와 집안의 문이라는 문은 다 열어 보았다.

최현수… 최현수….

아내의 이름을 부르며 마치 숨바꼭질하는 것처럼 이 방문 저 방문 열어 보았지만 술래는 보이지 않았다. 크고 작은 방이 네 개나 되는 이곳에 나 혼자 내버려진 것이 확실하다는 사실을 깨닫자 거리에 버려진 고아의 서러운 감정이 나를 샌드백처럼 두

들겼다. 말로는 표현하기 복잡한 감정이 불량배처럼 튀어나와 나를 중간에 두고 왕따 취급하는 기분도 들었다. 불량배들이 나를 가운데 두고 주먹으로 때리고 밟고 욕했다. 나는 아무 저항도 하지 못하고 버릇처럼 눈을 감고 엎드려서 계속 아내의 이름만 외쳤다. 나도 이 세상으로 나올 때 아버지와 어머니가 만든 자궁의 방을 통과했을 터인데, 아버지와 어머니의 얼굴은 전혀 기억나지 않았다.

몇 분이 지났을까? 계속 아내 이름만 외치다가 그만 실수로 머리를 심하게 바닥에 내리쳤다. 붉은 와인이 머리에서 흘러내렸다.

이상하게 아무 아픔도 느껴지지 않고 바닥에 흐른 피를 보며 피는 왜 붉은색일까 생각했다. 노란색이나 분홍색이면 좋았을 텐데….

다시 나는 한참을 엎드려 있었다. 정신을 차려 보니 머리에서는 더 이상 피가 흐르지 않고 바닥에만 피가 말라 눈물과 땀과 함께 뒤범벅되어 있었다.

처칠인가? 국민들에게 피와 눈물, 땀을 요구한 위인이….

초등학교 때 배운 처칠이 기억나다니 우습군.

최근 일은 잘 기억이 나질 않는데, 초등학교 이전의 기억은 아주 선명하게 머리에 떠올랐다.

아내를 만난 것도 초등학교 때였다. 그렇게 따져 보니 아내와 나는 30년이 넘는 세월을 알고 지낸 사이였다. 30년이라는 결코 짧지 않은 시간을 서로 나눠 써야만 했던 '운명'이었던 것이다. 나나 아내 둘 다 막내로 태어나 근본적으로 나누어 쓰기를 싫어하는 성격이었는데, 알 수 없는 '불가항력적 힘'은 무조건 우리 두 사람에게 주어진 무엇이든 나누어 쓰도록 명령했다. 그러나 나누어 쓰기 위해서는 '약속'이라는 것을 맺어야 했는데, 언제나 그 약속을 어기는 것은 나였고 그것을 이해하는 쪽은 아내였다. 어릴 때 나는 그런 아내를 바보 같다고 놀려 댔었다.

이혼도 아내와의 약속을 어기는 것이 아닐까.

씁쓸한 마음마저도 허기를 누를 수가 없어 억지로 자리에서 일어나 부엌으로 엉금엉금 기어갔다. 나는 '햇반'과 참치 통조림, 맛김을 꺼내 주린 배를 채웠다. 밥을 다 먹고 그릇을 싱크대로 가져갔을 때 나는 너무 놀라 그만 들고 있던 그릇을 바닥에다 떨어뜨렸다. 설거지를 하지 않은 그릇들이 산처럼 쌓여 있었기 때문이다. 어디서 날아왔는지 파리 몇 마리가 공중을 붕붕거리며 날아다니고 있었다.

2008년 12월 28일

청소 어차피 할 거 나중에 한꺼번에 하지.

퇴근하고 집에 들어오는 나를 아는 척도 하지 않고 집 청소만 하는 아내를 보고 내가 늘 하던 말이다.

오랫동안 알다 결혼한 우리 부부의 대화 길이는 알고 지낸 시간과 반비례였다. 처음에는 밤을 하얗게 새면서도 시간이 부족했는데 나중에는 침묵의 특수 임무를 띤 스파이 부부처럼 암호 냄새까지 풍기는 짧고 간단한 내용의 말만 주고받았다.

아내의 어머니는 선천적으로 귀가 들리지 않아 두 모녀는 수화로 대화했는데, 둘은 마치 나 같은 세상소리에 찌든 사람에게는 보이지 않는 소리가 있는 것처럼 행동했다. 인생은 눈에 보이는 것만이 다가 아니라 사물너머에 그 무언가가 있다는 것을 두 모녀는 손짓으로 표현해 주는 것 같았다. 정상인인 아내의 아버지가 조용히 하라고 할 때까지(내 귀에는 아무 소리도 들리지 않았지만) 모녀는 서로 수신호를 주고받았다.

그러고 보니 췌장암으로 갑자기 세상을 등진 장모님의 장례식 이후 아내가 말없이 방청소를 하는 시간이 길어진 것 같다. 손에 빗자루를 들고 돌아가신 장모님의 영혼과 수화라도 시작한 것일까? 나는 알 수 없었다. 얼굴에 불만이 가득한 채 고개를 숙이고 진공청소기가 있는데도 빗자루로 쓸고 걸레로 닦는 아내의 모습에 나는 점점 지치고 불평이 쌓여 갔다.

왜 아내는 남편인 나와의 대화를 그렇게 거부했을까? 아내는 수없이 대화 요청을 했다고 협의이혼을 하는 법정에서 진술했는데, 아무리 생각해 봐도 언제 내게 대화를 시도했느지 전혀 기억할 수가 없었다.

내가 만약 말문을 닫았다면 더 이상 싸우기 싫다는 뜻의 무언의 휴전을 요청한 것이라고, 대화를 하자는 아내의 요구를 들어 본 적이 없다고 판사에게 열심히 이야기했지만 전혀 먹혀들지 않았다. 반대로 판사는 내게 이렇게 물었다.

—아니면 이기훈 씨가 아내와 평상시 대화를 잘했다는 증거를 제시하시오.

이런 미친놈이… 어디서… 세상의 어느 누가 그런 증거를 제시할 수 있단 말인가? 살면서 법정 근처에는 한 번도 가 보지 않았는데, 이혼하며 처음 가 본 법정의 첫인상은 '울화통' 그 자체였다.

평생 한 마디도 못하셨던 장모님과 장인어른의 부부 금슬이 남달랐다는 것을 봐 온 아내라면 대화가 부부관계를 그리 크게 좌우하지 않는다는 사실을 잘 알 터인데 '대화 부재'를 이혼 사유로 적다니… 나는 아내가 원망스러웠다.

부부관계는 '눈에 보이지 않는 영혼의 화학작용'이 중요한 것이다. 그 화학작용만 있으면 대화가 그렇게 필요한 것이 아니다. 반평생을 같이 사는데 무슨 할 말이 많을 수 있단 말인가? 수많은 심리학자와 소위 '부부문제 상담가'들은 무조건 대화로 부부문제를 해결하라는데, 남자와 여자가 부부로서의 고유한 '화학작용'이 없는 이상 몇 년, 아니 몇백 년을 대화해도 서로 선문답이 될 수밖에 없다. 그 전문가들은 아무리 부부문제에 정통하다 해도 절대로 부부문제를 해결할 수 없다. 환자가 없으면 병원 문을 닫아야 하는 것처럼, 부부문제가 없다면 그놈의 정통한 '부부문제 전문가'들도 해 먹고 살게 없을 것이다. 말짱 거짓말이다.

지금 일기를 쓰면서도 분노로 손이 부들부들 떨린다. 그 '화학작용'이 잘 일어나게 아내가 조금만 더 나와 같이 인내심을 가지고 버텼더라면 이렇게 이혼까지 하지는 않았을 텐데… 아내가 원망스럽다.

2008년 12월 27일

오늘은 전화 소리에 잠에서 깼다.

전화 벨소리는 아내가 좋아하는 클래식 음악으로 맞춰 둔 것인데, 평상시 불편하게 간섭해 들어오는 전화의 특성상 편안한 클래식 음악은 전혀 어울리지 않는 것 같다고 나는 아내에게 누누이 강조했었다. 그때마다 아내는 무슨 클래식 음악 동호인협회 회장이라도 되는 양 고집을 부렸다. 전화 벨소리에도 의견의 일치를 볼 수 없다는 것이 한심하기도 하고 한편으로는 안타까운 마음도 들었다.

나의 단잠을 깨운 전화의 주인공은 한 남자였다. '아픈 데는 괜찮느냐'는 말로 다짜고짜 통화를 시작한 그는 자신이 누구인지도 밝히지 않고 '회사는 언제 복귀할 거냐?' '복귀할 수 없다면 도대체 앞으로 뭘 먹고 살 거냐?' 그리고 '이혼해서 마누라도 없을 텐데 밥은 어떻게 해 먹느냐?'는 내가 대답할 수 없는 질문만 잔뜩 늘어놓았다. 내가 그의 질문에 머뭇거리며 바로 대답을 하지 못하자 또다시 알 수 없는 소리를 궁시렁거리더니 잘 지내라는 통상적인 안부만 남기고 역시 일방적으로 전화를 끊었다. 침대 옆 아내의 화장대 위에 놓인 성인(成人)의 탯줄 같은 핸드폰은 배터리가 나갔는지 오래전부터 눈을 감은 애완동물처럼 가만히 놓여 있었다.

나는 씁쓸하게 웃었다. 알 수 없는 인물의 무례한 전화 한 통이 내가 아직 이 세상에서 잊히지 않고 존재한다는 확인을 시켜 준 고마운 전화가 된 셈이었기 때문이다.

침대 옆 벽에 붙은 결혼사진에서는 아내와 내가 세상 행복을 다 차지한 듯 웃고 있었다.

'왜 나 혼자 여기 있지?'

저렇게 사진 속에서 웃는 아내는 도대체 어디로 갔단 말인가? 오프닝 행사 때 문 앞에 늘어진 테이프처럼 누군가의 가위로 싹둑 잘려 버린 것 같았다. 머리를 싸매고 시간의 띠가 어디에 놓였나 고민하는데 배에서 꼬르륵 소리가 들렸다. 그리고 동시에 덮고 있던 이불과 침대가 놓인 방 전체에서 퀴퀴한 생선 썩은 것 같은 악취가 진동했다.

신선한 공기가 마시고 싶어 허기와 악취로 뒤덮인 방 안을 둘러보는데 창문에는 두껍고 짙은 색의 커튼이 철통수비를 자랑하는 경호원처럼 창 전체에 늘어뜨려 있었다. 도대체가 밤인지 낮인지 구분이 안 될 지경이었다.

나는 침대에서 일어나 뻣뻣해진 허리를 억지로 끌고 창문 곁으로 다가갔다. 커튼을 잡자 안개처럼 먼지가 일었다. 잠시 숨을 멈추고 육중한 커튼을 열어젖히자 태고의 신비가 간직된 아파트 빌딩들이 모습을 드러냈다. 누가 저렇게 깨끗하게 닦았는지 궁금할 정도로 광이 나게 닦인 창문들은 햇빛을 다이아몬드 모양으로 화려하게 반사시키고 있었다.

나는 강렬한 조명 아래 대사를 잊어버린 연극배우처럼 멍하니 창문 밖을 내다보았다. 분명히 저 아파트 빌딩 안에도 나 같은 사람들이 꿈지락대며 웃고 울고 먹고 잠자며 살아가고 있을 것이다. 대부분 가족이라는 공동체를 만들어 그 희로애락을 공유하고 있을 것이다.

갑자기 고독이 밀려왔다.

수일을 굶은 거지 아이 하나가 거리를 비틀거리며 걷다가 우연히 고급 식당을 발견하고 살금살금 다가가 식당 안을 몰래 들여다보는 것 같은 느낌이 들었다. 잃어버린 시간의 끈만 찾을 수 있다면 고독 때문에 갈라진 내 마음의 틈을 어떻게 동여맬 수 있을 텐데….

그런데 왜 난 이 아파트에 혼자 내버려져 있을까?

도무지 이해가 되지 않았다.

2008년 12월 26일

온 세상이 얼어붙었는지 거대한 냉장고 안에 누워 있는 것 같은 착각이 들었다. 살을 에는 추위가 잠 속에 빠진 나를 흔들어 깨웠다. 엉금엉금 침대에서 일어나 방문을 열고 거실로 나갔다. 거실로 들어서자마자 한동안 아무도 여기 오지 않았다는 휑함이 휘익 내 얼굴을 갈겼다. 배가 고파져 악취가 풍기는 거실 옆 주방으로 가서 수납장의 서랍을 일일이 열어 보았다.

서랍에는 비닐봉지만 수북이 있었는데, 누가 먹었는지 봉지 안에는 반찬만 약간 남아 있었다.

밥통에는 밥이 하나도 없었다.

김이 든 봉지 하나를 들고 허기진 도둑같이 허겁지겁 입에다 털어 넣었다. 맨 김이 목구멍에서 낙하산처럼 펼쳐졌다. 목이 콱 막혔다. 가슴을 치면서 캑캑거리며 주위를 두리번거리다 냉장고 옆 냉수통이 눈에 들어왔다. 싱크대의 설거지 쌓인 곳에서 컵을 꺼내 냉수를 받아 벌컥 들이켰다. 얼음 같은 냉수가 김에 막힌 목구멍을 시원하게 뚫어 내렸다.

목구멍이 뻥 뚫리며 허기도 감쪽같이 사라졌다.

눈을 감고 서서 오늘이 며칠인지, 왜 내가 집에 혼자 있는지 생각하려 끙끙대 보았다. 노력한 만큼 기억나지 않아 금세 포기하고 집안을 샅샅이 여행하기로 마음먹었다.

부엌에서 나왔다.

거실에는 커다란 LCD 텔레비전이 이 세상과 저 세상을 이어 주는 입구처럼 서 있었다. 텔레비전 안으로 들어가 보고 싶은 마음이 들어 손가락 끝으로 화면을 꾸욱 눌러 보았지만 바로 차가운 거절을 보내왔다. 어떻게 하면 텔레비전을 틀 수 있을까 싶어 텔레비전의 앞과 뒤를 꼼꼼하게 살펴보았는데, 익숙하지 않는 자그마한 버튼들만 눈에 들어왔다. 버튼들을 눌러 보려 하다가 재미가 사라져 다른 곳으로 눈을 돌렸다.

검은색 가죽 소파 앞에 놓인 커피 테이블 위에는 종이들이 어지럽게 널려 있었다. 나는 소파에 앉아 누런 종이봉투 하나를 집어 그 안에 든 것을 꺼내 보았다. 거기에는 '이혼신고서'라고 적혀 있었다. 이혼이란 단어가 낯설게 느껴지며 언제나 내 주위에 있었던 아내의 행방도 갑자기 궁금해졌다.

도대체 이 마누라는 어디 간 거야?

은근슬쩍 화가 났다. 이렇게 춥고 배고픈 곳에 나를 내버려 두고 가 버리다니… 한편으로는 아내와 결혼식을 올린 지가 엊그제 같은데 혼자 어디 나갔다 사고라도 난 것이 아닌가 하는 생각도 들었다.

아내는 넉넉한 몸집이 어울리지 않게 자그마한 일에도 화들짝 잘 놀라는 타입이었다. 연애하는 동안 내가 놀릴 때면 번번이 걸려들었었다. 몰래 아내 뒤에서 눈을 가리다가 아내를 기절 문턱까지 보낸 적도 있다.

아내는 책 읽는 걸 무척 좋아했다. 식사를 할 때도 책을 놓지 않아 잔소리를 얼마나 했는지 모른다. 한번 정신을 차리게 해 줘야지 벼르다가 하루는 밥을 먹으며 책을 읽는 아내 몰래 국그릇과 소금그릇을 바꿔 놓은 적이 있었다. 그런데 맛소금을 한 숟가락 그대로 삼키자마자 아내는 갑자기 알레르기 반응을 일으켰다. 간질병 환자처럼 입에서 거품 같은 것이 나오고, 입술이 붓고, 얼굴에는 붉은 반점이 튀어나왔다. 얼마나 놀랐던지 나는 맨발로 아내를 업고 집에서 800미터나 떨어진 병원까지 단숨에 달려갔다. 응급 치료를 끝낸 담당 의사는 아내가 한 가지 음식을 과도하게 섭취하면 호흡기와 입술이 붓는 특이한 알레르기 환자라고 진단 내리며 크게 걱정하지 않아도 된다고 했다.

졸지에 명란젓처럼 부은 입술을 해서 응급실 한구석에 놓인 침대에 누운 아내를 바라보니 미안한 마음이 들었다. 계속 아내를 바라보는데, 시야가 흐려졌다. 결혼하고 아내 앞에서는 한 번도 울지 않았던 내 눈에서 갑자기 눈물이 흘렀던 것이다. 바로 그때 정신을 차린 아내가 굉장히 놀란 얼굴로 눈물 글썽이는 나를 바라보았다. 평소 내성적이고 감정을 잘 드러내지 않는 편이었기에 나는 얼굴이 붉어질 정도로 부끄러웠다. 아내는 조용히 침대에서 일어나 장모님과 수화할 때처럼 능수능란하게 손으로 내 눈물을 닦아 주려 했다. 나는 화들짝 놀라며 아내의 손을 뿌리쳤다. 사내는 절대로 울면 안 된다고 한 엄격했던 가정교육이 생각났다.

"무거운 너 업고 병원에 달려온다고 흘린 땀이야!"

"치… 누가 뭐랬어? 뭐가 눈에서 흐르기에 닦아 주려 했지."

그러면서 눈을 가늘게 뜨고 나를 째려보았다. 아내가 무척
사랑스러웠다.

2008년 12월 25일

아침에 일어나자마자 화장실로 갔다.

화장실 안이 뭔가 낯설었다. 수건들이 바닥에 어수선하게 널
려 있었다. 어차피 더러워 보이는 수건이었지만 밟으면 더 더러
워질 것 같아 수건 사이로 걸었다. 변기 바로 옆에는 세탁기가
놓여 있었는데, 세탁기 문이 열려진 틈으로 옷이 전쟁의 사상자
들처럼 어지럽게 걸려 있었다.

집에는 나밖에 없으므로 분명 저건 나의 작품 같은데 도대
체 어떻게 옷을 벗어 던졌기에 저런 예술작품이 되었는지 도대
체 이해가 되지 않았다. 옷가지를 주섬주섬 세탁기에 넣고 문을
닫았다. 빨래를 해야겠다는 마음에 세탁기 윗부분에 달린 버튼
하나를 눌렀다. 세탁기는 아무 반응이 없었다. 조심스럽게 눌렀
던 버튼 옆의 버튼을 눌러도 세탁기는 꿈쩍도 하지 않았다. 고

장이 났나 싶어 손바닥으로 쳐 봐도 세탁기는 미동도 하지 않았다.

"최현수! 이거 왜 이래? 세탁기가 작동을 안 해."

나도 모르게 아내를 불렀는데 아내도 세탁기 같았다.

화장실에서 나와서는 집안 구석구석을 돌아다니며 아내의 이름을 불렀다. 깊은 산속의 메아리처럼 내 목소리가 울렸다. 화가 났지만 이상하게도 편안했다. 거실 유리창으로 보이는 회색빛 하늘처럼 머릿속이 뿌옜다.

집안의 모든 문을 열기 시작했다.

문을 열어 보다가 주방과 화장실 중간에 있는 작은 방에 들어가게 되었다. 방 중앙에는 작은 아기침대가 놓여 있었다. 구름같이 폭신폭신해 보이는 귀여운 곰 모양이 그려진 이불이 한 번도 사용한 적이 없는 듯 반듯하게 침대 위를 덮고 있었다. 감히 근접할 수 없는 신령한 물건을 만지듯이 손바닥으로 이불 위를 쓸어내렸다.

마음 한구석이 싸해 왔다.

침대 위에는 원형으로 장난감 말들이 한결같이 앙증맞은 얼굴을 하고 매달려 있었다. 손으로 툭 치자 음악소리가 은은하게 흘러나오며 움직였다. 벽 한쪽에는 짙은 체리색 서랍장이 놓여 있었다. 서랍장 위에는 나와 아내의 얼굴이 찍힌 사진이 담긴 액자가 놓여 있었는데, 액자의 색과 서랍장의 색이 일부러 맞춘 듯 아주 잘 어울렸다.

아내는 예술 감각이 있는 여자였다. 그와 반대로 나는 예술 감각은커녕 예술의 '예' 자도 모르는 무미건조한 남자였다.

아내는 계절이 바뀔 때마다 음악 콘서트나 뮤지컬 관람을 해야 직성이 풀렸다. 뮤지컬은 집중해서 구경하면 그래도 어떻게 돌아가는지 이해가 되어 아내와 같이 관람하기가 괜찮았지만 클래식 음악을 듣는 콘서트는 잠잘 때나 졸 때 코를 크게 고는 나로서는 정말 앉아 있기 힘든 공연이었다.

이런 내 사정을 알고도 번번이 아내는 콘서트 티켓을 예매해서 매번 우리 부부는 티격태격 댔다. '도대체 몇 시간 동안 어떻게 그 컴컴한 곳에서 알지도 못하는 음악을 듣고 있어야 하느냐'고 항의를 해도 아내는 아랑곳하지 않고 내 등을 밀며 공연장으로 끌고 갔다.

공연장 안에서는 오케스트라 전체가 바이올린, 첼로 등의 고문 기구를 준비해 놓고 나를 꼼짝달싹하지 못하게 좌석에 앉히고는 절대고통 속으로 밀어붙였다.

그나마 좌석이 줄 맨 끝에 배정되면 중간에 뛰쳐나갈 수 있었지만, 샌드위치의 고기처럼 중간에 앉게 되는 날이면 공연이 끝날 때쯤 나는 반미치광이가 되었다. 한번은 아내에게 상대 배

우자에 대한 배려라고는 코딱지만큼도 없는 그 엄청난 관람 열
정의 근원이 도대체 무엇인지 심각하게 물어 본 적이 있었다. 그
때 아내는 귀가 들리지 않는 장모 때문에 어릴 때 한 번도 가 보
지 못한 그런 공연들에 대한 보상심리가 있다고 대답했다. 아내
의 그 보상심리 때문에 나에게는 보복심리가 생긴다고 맞받아
쳤다. 아내는 그 사람 좋은 웃음으로 목젖이 보일 정도로 함박웃
음을 보여 주었다. 나는 아내의 그 함박웃음이 너무 좋았다. 아
내는 말보다 이런 행동들로 내게 사랑을 전해 주었다.

2008년 12월 24일

　―어이구 이놈아, 어쩌다가 그렇게 됐누….

　전화기 안의 목소리는 거의 통곡소리였다. 이야기는 하지 않
고 계속 울먹이다가 전화기를 손에서 떨어뜨렸는지 갑자기 끊
겨 버렸다.

　상대방이 누구인지 물어 볼 틈도 없이 일방적으로 벌어진 일
이었다. 다시 전화벨이 울렸지만 나는 받지 않았다. 받을 수가
없었다. 익명의 상대에게 내가 할 수 있는 일이라고는 가만히 듣
는 일밖에 없는데, 상대방 말을 가만 듣고 있을 기분이 아니었기

때문이다.

머릿속이 하얗게 아무것도 기억나지 않고, 무얼 생각하려 해도 자꾸 기억의 미꾸라지들이 내가 서 있는 반대편 기억의 강 저쪽으로 헤엄쳐 가는 것만 같았다.

그러나 전화소리는 끈질기게 매달렸다. 나는 눈을 감고 귀를 막았다. 전화벨 소리가 멈추자 고장 난 수도꼭지의 물 같은 적요가 집안 전체에 흠뻑 흘러내렸다.

서서히 눈을 뜨자 갑자기 아내가 내 눈 바로 앞에 나타났다. 나는 너무 놀란 나머지 다시 눈을 감고 조심스럽게 다시 천천히 엘리베이터의 문처럼 눈을 떴다.

아내의 모습은 연기처럼 사라지고 없었다.

순간 다리에 힘이 빠져 바닥에 털썩 주저앉아 버렸다. 팔로 다리를 끌어안고 머리를 다리 사이에 넣어 암흑의 공간 속으로 들어갔다.

아내는 어디 가 버린 것이 아니라 내 곁에 맴돌고 있었다는 사실을 깨달았다. 내 마음을 여는 순간 나타나고 마음을 닫는 순간 사라져 버리는 영적 존재가 된 것이다. 아내는 공간 제약을 완전히 벗어난 자유의 영혼이 된 것이다. 지긋지긋하고 냄새나는 이 공간을 마음만 먹으면 거부할 수 있는 초능력자가 된 것이다.

암흑 속에서 생각이 여기까지 미치자 덜컥 겁이 났다. 그런 다른 차원의 사람이 된 아내가 내 곁에 계속 있어 줄 것인가 하는 일종의 두려움 같은 것이었다. 나는 이제 아무것도 할 수 없는 구제불능의 인간이 되어 버린 것 같았다. 인간은 어머니의 뱃속에서 태어나면서부터 절대로 혼자 있을 수 없다. 영적으로든 육체적으로든 나 아닌 타인이 반드시 옆에 존재해야 건강한 인간으로 살아갈 수 있다. 인간은 사회적 동물이다. 홀로 버려지면 자신의 목숨까지 스스로 끊어 버릴 정도의 공포와 두려움이 몰려온다.

그 공포와 두려움은 가공할 에너지로 변해 한 사람을 무시무시한 괴물로도 만들 수 있다. 머리에는 타인에게 상처만 줄 거대한 뿔이 돋아 있고, 모든 일에서 절망과 고통밖에 볼 수 없는 붉은 눈과 절대로 사랑스런 키스를 할 수 없는 저주와 분노의 불을 뿜어 내는 날카로운 이빨이 숨어 있는 입을 가진, 도움의 손길도 구할 수 없는 뾰족한 손톱이 박힌 그런 괴물로 말이다.

입에서 입김이 나올 정도로 소스라칠 한기가 온몸을 휘어 감싸기 시작했다.

도대체 나에게 눈곱만큼의 소망이라도 남아 있는 걸까? 누가 이런 내게 도움을 줄 수 있을까? 바닥을 알 수 없는 깊은 영혼의 심연으로 곤두박질치는 나에게 생명줄 던져 줄 이 과연 누구일까? 수만 가지 질문이 거대한 환풍기의 바람처럼 불어 왔다.

'난 혼자 살 수 있어'라고 하는 교만한 인간들의 면전에 오물이라도 퍼붓고 싶은 마음이 울컥 솟았다.

나는 고개를 들고 알 수 없는 비명을 질렀다. 주먹으로 보이지 않는 거짓말쟁이들의 얼굴을 피멍이 들도록 두들겨 패기까지 했다. 정신없이 공중에 주먹을 흔들고 고함을 쳐 대다가 방안으로 다시 들어가 침대 위에 대자로 누웠다.

여보….

아내가 한없이 그리웠다. 다시 눈을 감고 억지로 잠을 청했다. 꿈속에는 반드시 아내가 있으리라는 확신 속에….

2008년 12월 23일

도대체 뭐였더라….

아내가 꿈속에서 나왔는데 무슨 옷을 입고 있었는지, 무슨 행동을 했는지, 아내를 보며 내가 무슨 말을 했는지 가물가물 생각이 나질 않았다. 요즘에는 머릿속에서 춤추는 기억들이 나만 초대하지 않고 저희끼리 무도회를 하는 것만 같다. 나는 억지로 기억의 초대장을 보내 달라고 하지 않기로 했다.

가만 들여다보면 잊는다는 것이 저주가 아니라 행복일 때가 많다. 아내에 대해 분명하게 기억이 나지 않는 것들은 어쩌면 나와 아내의 관계에 행복을 가져다주는 고마운 일일 수도 있겠다는 생각에 기분이 좋아졌다. 기분이 좋아지면서 기지개를 활짝 펴니 마치 등에 날개가 생겨나는 것 같았다.

어디든 내가 원하는 곳으로 날아갈 수 있는 아름다운 황금빛 깃털이 넘실거리는 날개가 몸에서 생겨나는 느낌이 점점 현실이 되어 눈앞에 다가오는 듯 했다.

나는 여행을 그리 좋아하지 않았지만 아내가 워낙 여행을 좋아해 억지로 많이 끌려 다녔다. 아내는 약골이라는 소리를 달고 다녔는데, 평소 앓던 모든 병이 여행 가기 전이면 회복되어 여행 중에는 절대로 발병하지 않다가 다녀오면 기가 막히게 착오 없이 아프기 시작하는 특이한 체질을 가졌다.

아내가 가장 좋아하는 책은 '세계지도책'이었다. 그중에서 각 나라의 지리와 풍속을 큼지막한 사진과 함께 실은 《세계 여러 나라의 지도와 풍속》은 너무 좋아해서 침대 머리맡에 두고 잠자리에 들 정도였다. 아내는 그 책을 펼칠 때마다 마약에라도 취한 사람처럼 동공이 팽창되었다. 잠을 잘 때도 세계 각국의 언어를 잠꼬대로 중얼거렸다.

아내의 종교는 여행이었고, 그 종교의 경전은 '세계지도책'이었다.

인터넷을 켜도 '구글지도'만 들여다보았다.

평범한 회사원인 내 월급과 휴가가 아내의 그 가공할 여행벽을 완벽하게 받쳐 주지는 못했지만 꼼꼼한 가계부 관리를 통해 꽤 많은 곳을 여행할 수 있었다.

아내와 함께한 여행 중 가장 인상 깊었던 곳은 러시아다. 그곳은 눈으로 덮인 광활한 대지와 육중한 역사의 무게가 함께 느껴지는 곳으로, 여행을 탐탁지 않게 생각하던 나도 침묵수행에 들어가는 수도승처럼 엄숙하고 장중한 마음으로 여행에 임하게 된 곳이었다. 러시아란 나라의 전체 분위기가 성스럽다거나 종교적 영험함으로 넘치진 않지만 역설적이게도 가이드가 데려가는 관광 명소는 죄다 커다란 성당이었다. 경찰관 없는 경찰서나 의사 없는 병원을 둘러보는 기분으로 하나같이 웅장한 성당들을 바라보며 모든 권력이 세월에 묻혀 사라지고 없어져도 건물은 그 자리에 남아 있다는 역사적 사실을 눈으로 확인했다. 아내는 주위에 아무도 읽어 본 사람이 없는 그 유명한 제목의 러시아 소설들을 여행 내내 언급하며 내 눈에는 똑같아 보이는 눈쌓인 광경을 디지털 카메라의 메모리 용량이 차고 넘치도록 사진을 찍었다.

눈 속의 아내는 눈부시게 빛났다. 눈과 얼음에 반사되는 빛의 조명으로 더욱 화려하게 빛이 났다. 아내로 인해 러시아가 더욱 화려해진 것 같았다.

아내가 원한 것이 이런 것 아니었을까? 일상 속에서는 도저히 발견할 수 없는 말로 표현하기 어려운 이 경이로운 변화를 절실하게 원한 것 아니었을까? 아내에게는 여행이야말로 신 앞에 엄숙하게 드리는 제사와 예배였던 것 아니었을까? 활활 타오르는 불 위에 올려진 그릇 속 물이 끓어올라 피어 오른 깨끗한 수증기가 모인 순정의 영혼이 아내의 제사 속에서 만들어진 것 아니었을까?

2008년 12월 22일

아침에 일어나 아무 생각 없이 반사적으로 욕실로 가서 칫솔질을 하려고 둘러보니 세면대 위에는 달랑 칫솔이 하나 놓여 있었다. 칫솔이 하나밖에 없다는 것은 집안에 나만 홀로 있다는 의미다.

아내는 부부 싸움을 하거나 여행을 가거나 할 때 그 어느 것보다 먼저 칫솔을 챙겼다. 아내에게 칫솔은 이를 닦는 도구일 뿐 아니라 어떤 공간과 시간에 자신이 어떻게 존재하는지 알려 주는 표지판 같은 것이었다. 아내가 보이지 않는데 칫솔이 있으면 잠시 가까운 데 갔다 돌아오겠다는 표시이고, 아내는 보이는데 칫솔이 보이지 않으면 어디 멀리 다녀온 표시이고, 아내와 칫솔이 함께 보이지 않으면 꽤 오랫동안 집을 비우겠다는 표시이니… 한동안 아내를 볼 수 없을 것이다.

칫솔뿐만 아니라 치약 튜브도 어떤 의미를 전달해 주었다. 튜브의 윗부분부터 치약을 짜는 아내의 손자국이 없었는데, 그건 아내가 떠난 지 오랜 시간이 지났다는 것을 의미했다.

사각사각 칫솔질을 하다 갑자기 기분이 나빠져서 칫솔질을 그만두고 물로 입을 헹궈 내는데 귓속에서 계속 사각사각 칫솔질 소리가 들렸다.

사각사각.

사각사각.

환청이라고 해도 굉장히 기분이 나쁜 소리였다. 물로 입을 헹구는데 우웩 헛구역질이 났다.

'그런데 왜 난 아내와 매번 치약 짜는 것 가지고 다퉜을까?'

싸움을 한 당사자가 바로 나임에도 불구하고 마치 타인들의 부부 싸움을 구경하는 제삼자처럼 전혀 이해가 되지 않았다.

오늘은 생각을 조금만 깊게 해도 머리 위에서 누가 쩡쩡 망치질하는 것처럼 고통스러웠다. 사각사각 우웩 쩡쩡… 사각사각 우웩 쩡쩡….

작으면서도 규칙적이고 날카롭게.

사각사각 우웩 쩡쩡… 사각사각 우웩 쩡쩡… 사각사각 우웩 쩡쩡… 사각사각 우웩 쩡쩡… 사각사각 우웩 쩡쩡… 작으면서도 규칙적이고 날카롭게 쉴 새 없이 내 머릿속을 울렸다.

너무 괴로운 나머지 나는 두 손을 주먹 쥐고 공중을 향해 소리쳤다.

여자아이들이 가지고 놀던 인형 머리를 뽑아 버리는 것처럼 손으로 내 머리를 뽑고 싶은 충동이 일었다. 두 손으로 머리를 잡아당겨 보았지만 내 힘이 약한 탓인지 아니면 목뼈가 튼튼한 탓인지 머리가 뽑히기는커녕 얼굴로 피와 열이 화악 끓어올랐다. 안압까지 올라 이빨 사이로 비명이 풀피리처럼 흘러나왔다. 있는 힘껏 머리를 위로 당기다가 눈가에 눈물이 고여 흘러내리자 덜컥 겁이 났다. 손의 힘을 확 빼 버리자 새총 위의 고무줄이 튕기듯이 그만 우스꽝스럽게 욕실 바닥에 엉덩방아를 찧고 말았다.

누가 이런 나의 모습을 보지는 않았을까 쑥스러움이 일었다.

뭔가를 잡고 어정쩡 일어서려는데 그만 변기 속에 손을 담가 버렸다. 손끝에 차가운 액체의 감촉이 등의 혈관을 타고 쭈뼛한

을씨년스러움으로 올라왔다. 급하게 손을 빼다가 다시 몸의 중심을 잃고 비틀거렸다.

다 같은 수돗물인데 변기 속 물에는 왜 그리 기겁을 하는지 알 수 없었다. 남자들이 유독 자기 아내의 말과 행동에 기겁을 하는 것처럼 말이다.

다른 여자가 야시시한 옷을 입으면 침을 흘리다가도 아내가 똑같은 옷을 입으면 기겁을 한다. 아내 아닌 여자가 관능적인 말을 하면 그 말을 되새기며 흠뻑 빠지다가 아내가 똑같은 말을 하면 벌컥 화를 낸다. 남자들의 이런 이중 잣대는 결혼식 때 하는 결혼서약과 함께 결혼생활 내내 철저히 지켜진다.

나는 손을 수건으로 닦으면서 욕실을 나왔다.

거실에서 스산한 바람이 용솟음친다.

뼛속 깊이 느껴지는 허기와 함께 지구의 마지막 날 심판대에 선 것 같은 공포가 밀려왔다. 지구 위에서 내게 주어진 한정된 시간 동안 아내와 치약 짜는 것 같은 사소한 일로 싸움질한 벌로 내 영혼을 영원토록 태워 버릴 격렬한 지옥불이 느껴지는 공포였다.

2008년 12월 21일

잠자는 시간이 점점 길어진다. 아니, 눈뜬 시간이 점점 짧아진다는 말이 더 정확하다. 꿈속에서 펼쳐지는 내 인생의 영화는 필름의 보존 상태가 양호하지 못한 듯 무척 거친 화질의 화면들로 가득 차 있었다. 뚝뚝 끊기는 화면과 누가 누구인지 알 수 없는 등장인물들로 인해 주인공인 나조차도 스토리 연결이 전혀 되지 않았다.

내가 무엇 때문에 이 영화에 출연하게 되었는지, 매니저의 강권에 못 이겨 얼떨결에 출연하게 된 건 아닌지 전혀 알 수 없었다. 내가 출연하고 있는 이 영화의 장르가 액션/스릴러인지, 코미디물인지도 영 감이 잡히지 않았다. 어릴 적에는 코미디였다가 성인이 되어서는 액션/스릴러로 변하는 중간 중간 멜로가 섞이는 짬뽕 스토리가 영화를 한층 이해하기 어렵게 만들었다.

생각만 하면 머리가 아파 왔다.

내 인생 영화에서 가장 인상적인 장면이 담긴 시간은, 정확한 나이는 생각나지 않지만 아주 어릴 적이었다. 동네 쓰레기장에 버려진 연탄재를 성처럼 쌓아 놓고 전쟁을 벌이는 장면이다. 당시에는 다들 난방 재료로 연탄을 사용해서 쓰레기장에는 언제나 연탄재가 엄청나게 버려져 있었는데, 나와 동네 코흘리개

들은 대장의 지휘 아래 그 엄청난 연탄재들을 성처럼 잇고 견고하게 쌓았다.

일단 성이 건축되면 다들 일사불란하게 연탄재를 손에 쥐기 쉽게 잘게 부수었다. 그리고는 두 편으로 나뉘어 각각의 성에서 재로 뒤범벅이 된 얼굴과 비장한 눈빛으로 돌격 신호를 기다렸다. 참모들의 삭선회의가 끝나면 돌격 신호와 함께 전쟁이 시작되었다. 모든 효과음과 비명은 생생하게 아이들의 입에서 흘러나왔다. 연탄재가 발생시킨 먼지는 실제 전쟁 포화에서 발생한 연기를 방불케 했다. 비 오듯이 쏟아지는 연탄재 속에서 쓰러지는 놈들은 영화의 주인공처럼 슬로우 모션으로 멋들어진 연기를 보여 주었다. 적진에서 쓰러진 아군을 구출하기 위한 전우애 넘치는 장면도 곳곳에서 연출되었다.

휴머니즘 넘치는 이 전쟁은 해가 중천에 있을 때 시작되어 주위가 어둑어둑해져 더 이상 전쟁을 치를 수 없게 되거나 밥 먹으러 집에 들어오라는 엄마들의 고함소리가 들려야 겨우 끝났다. 전쟁 포로처럼 귀를 잡혀 집으로 끌려가면서도, 다시 쓰레기장 주위를 맴돌면 혼날 줄 알라는 엄마의 엄명에도 아이들은 아랑곳하지 않았다. 다음날이면 군대 소집을 하지 않아도 약속이나 한 듯 한 명도 빠짐없이 쓰레기장에 모습을 드러냈다. 모두들 어릴 때부터 전욕(戰慾)이 불타고 있었던 것이다.

영화의 전반부는 이렇게 액션이 넘실대는 동네 골목 전장에서 익사이팅하게 시작되었다.

그 이후 연탄재의 연기는 없어졌지만 더 처참한 전쟁들이 연속으로 나를 기다리고 있었다. 초·중·고등학교는 물론 대학교에서는 공부와의 전쟁이 벌어졌다. 소소한 시험 전쟁과 큼직한 입시 전쟁으로 수많은 전우들이 나가떨어졌다. 겨우겨우 그 전쟁에서 살아남자 진짜 군대에서 나를 불렀다. 군대에서는 실제 전쟁보다 더 혹독한 전쟁 훈련이 펼쳐졌다. 인생 영화의 수많은 격전에서 단련된 나의 호전적인 성격도 현역 생활을 견디기는 무척 힘들었다.

힘든 군대생활이 나의 전투력을 완전히 무기력하게 만들었다. 제대를 하고 나서는 취업 전쟁터로 투입되었지만 이미 전투력을 상실한 터라 비실대는 방황이 시작되었다.

완전히 쇠잔한 육체로 후방의 야전병원에 전의를 상실하고 누워 있을 때 아내는 나이팅게일처럼 나를 간호해 주었다. 아주 어릴 적부터 알고 지낸지라 이성이라기보다는 친척 같은 느낌이 있었지만, 아내의 간호를 통해 나는 영혼까지 소생되는 회복을 맛보았다. 그래서 다시 한 번 자신감과 용기를 가지고 인생의 격전지로 뛰어들었다.

새 살로 굳은살이 돋아나듯 온몸이 철갑으로 변해 버린 내게 거칠 것은 없었다. 그 어떤 어려움도 인생 앞에서 내 무릎을 꿇게 만들 수는 없었다. 아니 천지개벽할 어려움이 몰려오면 올수록 나는 점점 더 강해졌다. 마침내 극심한 경쟁률을 뚫고 취직이 되었을 때 나는 이 인생극장의 클라이맥스 장면을 아내와의 결혼식으로 화려하게 장식했다.

정말 꿈에서 깨어나고 싶지 않은, 그대로 죽고 싶은 황홀한 결혼식이었다.

2008년 12월 20일

기분이 그렇게 좋을 수가 없었다.

몇 시간 동안의 분투 끝에 TV를 켤 수 있었기 때문이다. 힘들게 다시 볼 수 있게 된 TV 화면들이 내게 더 깊은 기쁨과 행복을 가져다주었다. 화면에는 화려한 의상을 입은 출연자들이 뭐라고 웃으며 이야기를 하고 있었는데 무슨 말을 하는지 이해가 가질 않았다.

"여보, 저 사람이 방금 뭐라 그랬어?"

"…."

"부부끼리 TV에 출연하니 참 보기 좋네."

"…."

"우리도 나중에 저기 나가자. 할 말이 많을 거야."

"…."

내가 만약 TV에 아내와 같이 나간다면 도대체 무슨 말부터 할까? 요즘은 머릿속으로 뭔가를 계획하는 것이 힘들다. 그냥 물 흐르는 대로 의식을 나룻배처럼 띄우는 수밖에 없다. 그렇게 하면 모든 것이 평화롭고 편안해졌다.

나는 언제나 구름 위에 몸을 띄운 것 같은 편안한 마음이 들 때 인생의 중요한 결정을 내렸다.

아내에게 처음 프러포즈한 곳도 지방의 어느 조용한 찜질방이었다. 사람이 없어 넓은 찜질방에 나와 아내밖에 없었는데, 나는 아내와 나란히 누워 있다가 조용히 '결혼해 달라'는 말을 꺼냈다. 그러자 아내는 어이가 없는 듯 고개를 좌우로 흔들면서 손에 들고 있는 수건으로 얼굴에 맺힌 땀방울만 훔쳤다.

나는 무릎을 꿇고 앉아 주문해 놓은 달걀을 손에 들고 비굴한 표정으로 아내에게 바치며 '결혼해 주시면 평생 달걀 삶아 드릴게요!'라고 외쳤다.

아내는 삶은 달걀을 좋아했다.

그래도 아내가 반응이 없자 나는 벌떡 일어나 찜질방 구석에 있는 불가마 방으로 들어가서 안쪽에서 문을 잠가 버렸다. 10분도 있기 어려운 곳에서 내가 20분 이상 나오지 않자 아내는 걱정스러운 얼굴로 불가마 방 앞으로 다가왔다. 30분이 지나고 한 시간이 지나도 내가 나올 기미가 없자 아내는 불가마 방 문을 열어 보려고 시도했다. 그러나 이미 나는 안에서 탈수로 기절해 버린 다음이었다.

낯을 잘 가리는 아내가 용기를 내 종업원을 불러왔지만 종업원은 자리를 비운 주인만이 열쇠를 가지고 있다고 했고, 그 말을 듣자마자 아내는 얼굴이 창백해지며 그만 쓰러졌다고 한다.

119 구조대가 와서야 불가마 방 문을 뜯어내고 나를 구출한 다음 응급실에 아내와 나를 나란히 뉘었다고 하는데, 치료 후 먼저 깨어난 건 나였다. 나는 부스스 일어나 복잡한 응급실 한복판 아내의 침대 옆에서 다시 크게 외쳤다.

"최현수 결혼해 줘!"

응급실의 모든 사람들이 나를 바라보고 또 누워 있는 아내를 바라보았다.

"최현수! 결혼해 줘."

내가 다시 크게 외치자 아내는 그대로 누워 모기 기어가는 듯한 작은 소리로 대답했다.

"알… 았… 어, 결혼해."

2008년 12월 19일

몸에 힘이 없다.

몸속 에너지가 완전히 고갈되어 허기진 몸을 조금도 움직일 수 없다. 휘발유 없는 자동차처럼 몸의 모든 기능이 멈춘 것 같다.

뭐라도 먹어야 된다는 생각만이 머릿속에 가득 차 있다.

글도 길게 쓸 수가 없다.

누가 내게 먹을 것을 좀 가져다주면 좋으련만, 반나절을 누워 있어도 음식을 가져다주는 이는 아무도 없었다.

시간이 꽤 흘러 창밖이 어둑어둑해지자 이상하게도 허기가 느껴지지 않았다.

하루 종일 먹은 거라고는 수돗물밖에 없었지만 다시 침대에 누워 눈을 감으니 잠시 머릿속이 개인 하늘처럼 맑아졌다.

지금은 아내가 집에 없지만 나를 계속 이렇게 굶겨 놓진 않을 것이다. 음식거리를 두 손 가득 장만해서는 아파트 현관문을 열고 나타나리라는 희망에 기분까지 좋아졌다.

아내는 내가 좋아하는 요리를 해 주기 위해 집에 들어오자마자 주방으로 향할 것이다. 김치와 꽁치를 듬뿍 넣고 갖은 양념을 한 꽁치조림은 내가 질리지 않고 좋아하는 아내의 요리이므로 아내가 준비하는 만찬에 분명히 오를 것이다. 내 평생 먹은 꽁치의 양이 아마도 원양어선 한 척은 되리라는 것이 내 생각이다.

나는 도시에서 태어나 쭉 도시에서 자랐고, 어촌은커녕 바닷가에 놀러간 것도 손에 꼽을 정도였지만 유난스럽게 생선요리를 좋아했다.

갈치.

고등어.

민물고기부터 바다생선까지 죄다 회를 하거나 매운탕을 하거나, 집에서 밥을 먹을 때에는 반드시 작은 생선 한 토막이라도 상 위에 올려 있어야 밥을 먹은 것 같았다.

그런데 김치를 반드시 먹어야 하는 한국인들 중 김치를 담글 줄 아는 이의 수가 적은 것처럼, 나는 생선요리를 좋아했지만 직접 생선을 도막내고 내장 꺼내 요리하는 건 질색했다. 요리 되기 전의 생선 비린내조차 맡기 싫어했다.

그 이유가 아마도 결혼 안 한 삼촌들과 고모들까지 한 지붕 아래 바글거리며 살던 우리 집에서 가장 서열이 낮았던 내가 언제나 생선 사 오는 심부름과 화로에 올린 생선이 더 잘 구워지도록 부채질하는 일을 도맡았기 때문 같다고, 또 정작 밥상 위의 생선은 구경도 못했기 때문에 요리 전의 생선을 그렇게도 보기 싫어한 것 아닌가 나 나름대로 추측해 보기도 했다.

그러니 당연히 생선요리는 아내의 몫이었다.

통조림은 맛이 없다는 내 말에 아내는 수산시장에 직접 가서 싱싱한 생선을 사 왔다. 재빠르고 능숙한 솜씨로 생선을 다듬고 음식을 만들어 내는 아내를 바라보며 나는 아내 말고 이 세상 어느 누가 나를 위해 저렇게 징그럽고 비린내 나는 생선을 다듬어 천상의 요리를 해 줄 수 있을까 생각했다.

사실 나는 아내의 앞모습보다 부엌에서 요리할 때의 뒷모습을 더 좋아했다. 남들의 눈에는 평범할지 몰라도, 생선을 내리치고 다듬을 때 흔들리는 아내의 허리와 몸의 곡선은 무척 관능적으로 느껴졌다. 그래서 어떤 때는 내 자신이 마치 다른 여인을 몰래 훔쳐보고 마음속으로 야릇한 상상을 하는 관음증 환자처럼 느껴질 정도였다.

감히 다른 여자는 흉내도 낼 수 없는 순백의 관능미와, 빠져들면 들수록 더 감미롭고 달콤한 강렬한 전류 같은 기운이 아내의 요리하는 모습에서 흘러나왔다. 숨이 헉 막혀 버릴 것같이 퇴폐적인 느낌도 들었지만, 그건 반드시 회개해야 하는 죄가 아니라 공중의 천사들조차 크고 큰 비밀로 덮어 줄 것만 같은 엄숙한 의식 같은 것이었다.

의식?

결혼식?

그래, 난 지금 신혼생활에 젖어 있는 것이다.

갑자기 신혼의 달콤함이 흘러넘쳤다.

기타 피크 같은 생선비늘들이 공중에 날리며 천장의 불빛을 반사할 때쯤이면 아내와 나만의 신령한 제사 행사의 절정 단계에 도달했다. 절정이 되면 이제 나는 남편이 아니고 아내는 아내가 아니었다. 더 이상 육체의 구분은 무의미한 완벽하게 하나인 존재가 되었다.

'그런데… 아내는 무슨 요리를 좋아했지?'

불쑥 튀어나온 이 질문으로 나는 인간의 기본 욕구인 식욕도 잊게 해 준 환상을 단숨에 날려 버렸다.

아내가 무슨 음식을 좋아하는지 도통 생각이 나지 않았다.

매일 식후에 과일을 깎았는데, 과일을 좋아했나?

2008년 12월 18일

알 수 없는 분노가 다시 한 번 마음을 휩쓸었다.

불처럼 활활 타올라 내 주위를 온통 불바다로 만들 것 같다.

이렇게 불 타오를 거라면,

그래, 차라리 나 혼자인 것이 나아.

어느 이혼남의 신혼 일기

내가 불 타오르면 남는 것은 재일까?

재의 양은 얼마나 될까?

재가 바람에 날아가 버릴까?

아⋯

바람에 날아다닌다면 정말 좋겠다.

내가 가 보지 못했던 곳

내가 만나 보지 못한 사람

그리고

어디론가 사라져 버린 아내를

찾아갈 수 있을지도 모른다.

불타는 것은 뜨겁고 싫지만

아내를 만날 수 있다면

아무 상관이 없다.

머릿속에는 아내밖에 없다.

현수

현수

현수

신혼인데 왜 아내가 없는 거야?

여보.

2008년 12월 17일

오늘 아프다.

마음이 아프다.

우…

시간이 지나면 지날수록 더 아프다.

혹시 오늘,

너무 아파서 죽는 것 아닐까?

누구한테 알려야 하지 않을까?

내가 너무 아프다고.

다행히,

머릿속에서는 점점 고통이 잊혀진다.

아프긴 한데 몇 분 전의 고통은 기억나지 않는다.

점점

기억이 짧아진다.

내가 종이에 뭔가를 쓴다.

그런데

쓰려고 하면

잊어버린다.

도대체 내가 뭘 쓰려 했을까?

아니,

내가 지금 무엇을 하고 있는 걸까?

아니,

내가 지금 왜 이렇게 앉아서 있지?

아니,

난 도대체 누구일까?

책상에서 일어선다.

방문을 연다.

차가운 바람이 얼굴을 때린다.

순간,

모든 것이 갑자기 명확해진다.

그래

나는 무슨 병에 걸린 거야.

여기서 있다가는 머릿속 기억들이 다 말라 버릴 거야.

그렇게 되면 아내를 찾고 싶어도 찾을 수 없어.

지금 밖으로 나가서 아내를 찾는 수밖에 없어.

내 몸과 동일한 기억을 간직한 아내를 찾아야 해.

아파트의 현관문을 향해 걷는다.

문을 여는데 팻말이 달린 목걸이 같은 것이 보인다.

팻말에는 이렇게 적혀 있다.

저는 알츠하이머 환자입니다.

저희 집 전화번호는 (XXX) XXXX-XXXX입니다.

혹시 제가 도움이 필요해 보이면 위 번호로 전화 부탁드립니다.

나는 그 목걸이를 목에 건다.

아내가 왜 날 버렸는지 기억이 나지 않지만

머리 속에는 아내밖에 없으므로

내 기억을 찾기 위해

밖으로 나간다.

생방송!
부부싸움

'이 여편네가 바람이 났나, 하루 종일 전화도 안 받고 뭐하는 거야.'

〈생방송! 부부싸움〉의 대표 PD이자 방송국 사장인 이헌수 PD는 자기가 원할 때 아내와 통화가 되지 않는 것을 세상에서 가장 짜증나는 일로 생각했다.

신경질적으로 핸드폰을 끄고 나서 AD에게 방송 큐 사인을 지시했다. 무대 중앙의 조명이 켜지자 자체 인공센서가 부착된 보조 조명들과 함께 화려하고도 웅장한 빛이 스튜디오 안 곳곳을 비췄다.

─생방송!

─부부싸움!

밝은 스튜디오 안은 우렁찬 함성소리로 가득 메워졌고, 곧이어 FD들의 약속된 손 사인이 떨어지자 방청객들은 일사분란하게 박수를 쳤다. 생면부지의 사람들이 만들어 내는 박수는 소름 끼칠 정도로 박자가 정확했다.

— 와와.

— 짝짝짝.

마치 박수소리를 내는 기계가 잘 돌아가도록 기름칠을 해 주듯 오케스트라의 장중한 음악이 절묘하게 굴러갔다. 연출부의 큐 사인이 다시 떨어지자 상기된 얼굴로 대기하던 MC 육철수의 첫 멘트가 시작됐다.

— 안녕하세요! 전국에 계신 시청자 여러분, 그리고 해외에 계신 한민족 여러분! 국민 프로로 완전히 자리매김한, 연출이 전혀 없는 리얼리티 TV 쇼 〈생방송! 부부싸움〉 시간이 돌아왔습니다.

무인 스튜디오 카메라가 360도로 회전하며 방청객을 풀 샷으로 찍어 내려갔다. 방청객들은 역시 사전 연출로 약속된 열광적인 환호성을 질러 댔다. 어떤 방청객은 눈물을 글썽거리기조차 했다.

— 감사합니다. 감사합니다. 9천 만 온·오프 마니아를 보유하고 있는 부부싸움이 진행되는 이곳 스튜디오 안의 열기는 너

무나 뜨겁습니다… 어?

평균 시청률 45퍼센트를 자랑하는 초 절정 인기 TV 프로그램 부부싸움 리얼리티 TV 쇼에 갑자기 예상치 못한 일이 벌어졌다. MC가 앞에 떠 있는 입체 프롬프터(자체 부력으로 공중에 떠 있는, 프로그램 진행자 방향에서만 볼 수 있는 투명 자막기)를 읽어 나가는데 열성 팬으로 보이는 여자 한 명이 갑자기 스튜디오 안으로 뛰어든 것이다.

—사랑해요. 까악!

멀쩡하게 생긴 겉모습과 다르게 이상한 괴성을 지르며 40대 중반쯤으로 보이는 한 여자가 전광석화같이 MC 육철수가 서 있는 곳으로 달려들었고, 그 모습이 카메라에 그대로 들어왔다. 그러나 번개보다 빠른 〈생방송! 부부싸움〉 연출부였다. 여자는 MC 육철수의 자리까지 채 오기도 전에 신속하게 저지되었다. 여자는 억센 연출부의 손에 의해 달려 들어온 속도보다 더 빨리 무대 뒤로 사라졌다. 생방송 TV를 보던 시청자들과 방청객은 순간 짧은 비명을 질렀지만 방송 베테랑 육철수의 애드리브로 방송 사고는 부드럽게 넘어갔다.

—무시무시한 속도로 저에게 달려오시는 모습이 정말 놀랍습니다. 저분이 우리 〈생방송! 부부싸움〉에 출연하시면 반드시 우승하실 것입니다.

스튜디오 곳곳에서 웃음이 터져 나왔다.

"에이! 시큐리티는 뭐하고 있었던 거야?"

모니터링을 하던 이현수 PD는 놀란 가슴을 쓸어내렸다.

"휴, 대형사고 날 뻔했네."

이현수 PD는 목이 말라 오고 이마에 식은땀이 흘렀다. 손으로 땀을 쓸어내리다가 모니터를 보는데 또 뭔가 발견한 듯 이현수 PD는 용수철처럼 자리에서 일어났다. 그는 스튜디오 안의 카메라맨을 향해 헤드셋이 침에 흠뻑 젖도록 신경질적으로 외쳤다.

"야! 야! 빨리 5번 ENG 카메라 뭐해? 줌인시키고 그대로 진행해! 휩쓸리지 말고 차분하게 들어가!"

"프로그램의 인기가 너무 많다 보니 저런 열성 팬들의 돌발 사태가 잘 일어나는군요."

옆에 앉아 있던 카메라 감독이 머뭇거리며 이현수 PD에게 말했다.

"그러니까 내가 보안 준비 철저하게 하라고 했잖아. 전 국민이 보는 인기 프로그램 보안을 이따위로 하다니. 다들 생방송 끝나고 시말서 쓸 각오들 하라고!"

이현수 PD는 고함을 치고도 화가 덜 풀리는지 앞에 놓인 모니터가 달린 방송 계기판을 주먹으로 힘껏 내리쳤다.

"저… 전화… 왔는데요."

씩씩거리고 있는 이헌수 PD 곁에 연출부 한 명이 다가와 더듬거리며 전화기를 건넸다.

"누구야?"

"청와대 비서실이라고…."

이헌수 PD는 '청와대'란 말이 떨어지기 무섭게 허겁지겁 두 손으로 전화기를 받아 들었다.

"아… 예, 죄송합니다. 갑작스럽게… 발생해서… 아… 네… 아, 네…."

원래 강한 자에게는 비굴할 정도로 저자세가 되는 이헌수 PD의 얼굴이 점점 사색이 되어 갔다. 대통령과 영부인이 〈생방송! 부부싸움〉의 열렬한 시청자라는 것은 삼척동자도 다 아는 사실이었다. 그러나 생방송 속성상 피치 못하게 발생한 방송 사고를 가지고 이렇게 금방 전화를 걸 정도로 광팬일 줄은 이헌수 PD를 비롯해 방송국의 그 어느 누구도 몰랐다. 그러나 안절부절못하며 하얗게 질린 얼굴로 통화를 시작한 이헌수 PD의 얼굴에 통화가 길어질수록 화색이 돌기 시작했다. 연신 굽실거리며 몇 분 더 통화를 하고 전화기를 내려놓은 이헌수 PD는 누런 이를 드러내며 웃음을 크게 터트렸다. 카메라 감독은 조심스럽게 이헌수 PD에게 물었다.

"청와대에서 뭐라 그래요?"

"대통령이 우리 제작팀을 청와대 만찬에 초대하고 싶대."

이헌수 PD는 미소를 머금고 다시 모니터를 들여다보기 시작했다. 유리에 반사되는 자신의 모습이 그렇게 자랑스러울 수 없었다.

'청와대 만찬이라. 이제 나도 성공대로에 들어서는 건가.'

그의 머리는 방송보다 청와대 비서실과의 통화 내용으로 가득 찼다.

★

—지금 스튜디오 안에는 한국 최고의 정신심리학자와 부부 상담가 스물다섯 분이 오늘의 부부싸움을 해설해 주기 위해 바쁘신 와중에 이렇게 나와 주셨습니다.

MC 특유의 부드러운 목소리로 방송 패널을 한 명 한 명 소개해 나가자 스튜디오에는 다시 박수의 물결이 흘러넘쳤다. 360도 방향의 다양한 앵글을 찍을 수 있는 배구공 크기의 카메라가 천천히 해설자들을 스케치해 나갔다.

—와와와!

─짝짝짝!

─언제나 저와 같이 해설을 맡아 주시는 현 대한민국 국무총리 황세영 총리께서 오늘도 나와 주셨습니다. 황 총리님 안녕하세요!

황 총리가 함박웃음을 띄우며 MC의 인사에 답했다.

─하하하. 안녕하세요.

─총리님, 먼저 개인적으로 축하드립니다. 신당을 창설하셨다고요?

"에이, 저 미친자식! 대통령이 보고 있는데 무슨 소리야! 잘라내 버려!"

스튜디오 모니터를 보며 싱글거리던 이헌수 PD는 MC의 멘트에 침을 분수처럼 퍼트리며 고함쳤다. 편집 기술요원들은 재빨리 편집기에 달려들어 육철수의 멘트를 잘라냈다. 생방송이라도 실시간과 35초 정도의 간격이 있어서 ED347 음성편집기를 이용하면 아무 문제가 없었다.

─자! 오늘 대결할 부부들을 소개해 주시죠.

─네. 오늘 대결할 부부는 조금 평범한데, 미국으로 이민 가서 갈등이 생긴 부부 이야기입니다.

─이민요?

육철수 MC가 말을 끄는 동안 황 총리는 자신의 앞에 있는 액정 모니터로 오늘 참가하는 부부의 프로필을 제공받았다.

—남편의 이름은 최기수입니다. 나이는 41세. 해외 지사의 평범한 세일즈맨입니다.

황 총리가 오늘 출연자의 신상을 더 설명하려 했으나 조연출로부터 멘트를 자르라는 지시가 왔다.

—네, 다른 자세한 내용은 지금 화면에 나가는 자막을 보시고요. 오늘은 특별히 이민생활 속에서 갈등이 생긴 부부들이 싸움을 벌인다고 하니, 정말 기대가 되는데요.

베테랑 해설자답게 황 총리도 부드럽게 조연출의 지시를 따라 원활히 진행해 나갔다.

—아내 되는 분의 이름은 김미나, 나이는 30세입니다. 한국에서 교육대를 졸업하고 초등학교 교사로 재직 중 자녀들의 교육비 문제와 최기수 씨의 사업이 경영난으로 문을 닫자 과감히 미국행을 결정했습니다.

—아, 네.

—잠깐, 지금 자료 화면에는 한국에서 시어머니가 미국으로 아들 최기수 씨를 보기 위해 여행 와 있다고 나오는군요. 혹시 고부 갈등도 오늘 생생하게 볼 수 있게 되는 것 아닐까요?

황 총리는 고부 갈등이란 새로운 사실을 더 강조하기 위해 MC을 바라보며 물었다.

─오오오오.

육철수는 놀람의 표현으로 이제 그의 트레이드마크가 되어 버린 '오오오오'를 외쳤다.

─정말 재미있네요. 지금 자료에 올라온 것을 읽어 보니 최기수 씨 부부는 미국에서 현재 맞벌이를 하고 있습니다. 김미나 씨가 결혼 이후 앙숙이던 시어머니를 미국으로 오시도록 남편에게 부탁한 건 맞벌이를 하면서 발생된 육아 문제를 해결하기 위해서거든요. 와서 아이를 봐 달라는 거였죠.

─그런데 시어머니 쪽은 그게 아니었죠. 미국 여행 간다고 온 동네에 자랑하고 왔는데, 미국 와서는 한 달 내내 집에 틀어박혀 손자만 돌보고 있으니 스트레스가 이만저만이 아닙니다.

MC는 손가락으로 모니터 화면에 나타난 시어머니의 스트레스지수를 가리켰다.

─미국은 저도 가 봤는데, 캘리포니아 주 쪽은 운전 못하면 꼼짝달싹 못하고 그대로 집에서 창살 없는 감옥 생활을 하게 돼 있습니다.

─자, 말씀드리는 순간 최기수 씨가 핸드폰으로 통화를 하며 아파트 현관으로 들어가고 있습니다.

40여 개의 초스테디캠 카메라와 80여 개의 디지털 ENG 카메라의 도움으로 만들어진 초정밀 화면은 마치 시청자가 최기수 바로 옆에 있는 듯한 착각을 불러일으킬 정도로 생생했다.

—잠깐 〈생방송! 부부싸움〉에 대해 말씀드리자면, 출연하는 커플들은 지금 방송이 나가는 걸 전혀 모르는 상태입니다. 몰래 카메라 형식으로 제작되는 생방송 리얼리티 프로그램인 거죠. 방청객과 패널들은 이 부부싸움에서 과연 누가 이길지 예상해 보고 결과를 알아맞히는 방송입니다.

—먼저 여러 부부의 부부싸움을 촬영해 관찰한 다음 제작팀이 엄선해서 방송에 적합하다고 생각한 부부의 가정에 카메라를 여러 대 설치해 그다음 부부싸움을 생방송으로 중계하는 거죠.

이헌수 PD는 쓸쓸한 미소를 지었다

"나중에 왜 허락 없이 촬영했냐고 지랄들을 떨어서 법적 해결하려면 얼마나 똥줄 빠지는 줄 알아? 애초에 허락해 놓고 말이야. 내 덕분에 인기가 많아서 다 넘어가는 거라고."

화면에는 최기수가 아파트 엘리베이터를 기다리는 모습이 나오는 가운데 오디오로 MC의 멘트가 흘렀다.

—네, 그렇습니다. 다른 방송에서는 부부들의 화목한 모습만 과장스럽게 나갔죠? 현실은 결혼하자마자 부부싸움으로 들어가는데, 방송에서는 현실과 동떨어진 부부의 모습들만 보여 줬었죠.

─그래서 실제 부부들이 그걸 보고 더 부부싸움을 해 댔죠! 예를 들어 자기 남편에게 TV 프로그램의 누구누구처럼 잘해 주지 못하냐며 방송을 현실로 착각한 대다수 아내들이 바가지를 긁기 일쑤였습니다.

─생생한 부부싸움 현장이 우리 〈생방송! 부부싸움〉으로 방송되어 나간 뒤 의외로 많은 부부들이 현실과 괴리감을 느끼게 하는 기존의 다른 결혼생활 프로그램보다 우리 프로그램에서 정신적으로 훨씬 많은 도움을 받는다는 리서치 보고가 있습니다.

─일종의 공감대 형성이죠. 모든 부부는 싸운다는….

육철수와 황 총리가 이야기를 나누는 동안 초대된 각계각층의 전문가 논평이 해당 전문가들의 사진과 함께 방송 화면 모퉁이에서 나갔다.

─네, 말씀드리는 순간 최기수 씨가 엘리베이터에서 내려 자신의 집 앞에 섰습니다. 비틀거리는 걸 보니 약주를 조금 하신 것 같습니다.

최기수는 현관 번호 키 앞에서 한참을 헤맸다. 술기운에 비밀번호를 헷갈려 여러 번의 시도 끝에 겨우 문을 열고 집안으로 들어섰다. 그런데 집안 불을 모두 꺼 두어 방바닥에 뒹구는 장난감을 보지 못하고 밟고 말았다.

"아얏! 이놈의 여편네! 남편이 집에 들어오지도 않았는데 집 안 불을 모조리 끄고 잠을 자? 게다가 집안 꼬락서니 봐라! 이게 뭐야?"

최기수는 장난감을 밟은 발바닥이 아픈지 연신 문지르며 소리를 질렀다.

덩달아 MC 육철수의 목소리도 높아졌다.

—(격양된 목소리로) 아! 네, 여편네! 아내를 여편네라고 폄하하는데요, 최기수 씨!

—(흥분한 목소리로) 사실 장난감은 아이들이 어질렀죠! 아이들이 놀고 나서 장난감을 치우지 않는 건 부모들의 가정교육 문제 때문 아닐까요. 아내 혼자만의 책임이 아니란 거죠.

—그렇습니다. 최기수 씨의 방청객들의 인기투표 포인트가 곤두박질치고 있습니다. 부부싸움에서 방청객 투표인단의 점수도 부부싸움에 막대한 영향을 끼치죠.

"에이씨… 집안 꼴이 이 모양이니까 남자가 밖에서 하는 일이 잘될 턱이 있나?"

최기수는 다리가 아픈지 절뚝거리며 안방으로 들어갔다.

★

장면이 바뀌어 카메라가 안방의 침대를 비추었다.

방바닥에는 역시 옷가지들이 어지럽게 널려 있고 중간 옷장 문은 반쯤 열려 있었다. 고전적인 아라베스크 문양의 나무 조각이 멋들어진 침대 위에 아내 김미나가 이불을 푹 덮어쓰고 누워 있었다. 최기수는 일부러 문을 세게 닫았다.

"아우… 잠깐 잠들었네. 이제 들어왔어? 지금 몇 시야?"

침대 건너편에 걸린 형광 시계판이 2시 30분을 가리켰다.

"야, 넌 남편이 들어오는데도 발딱 일어나지 않고 뭐하는 거야?"

"아파서 그래. 몸살인가 봐. 시간도 늦었잖아."

"또 아파?"

—오오오오! 최기수 씨의 강한 액션! 아내들이 가장 싫어하는 말이 '또 아파'죠?

—(몸을 마이크에 바싹 갖다 대며) 네, 강공이죠! 초반에 상대편 기분을 나쁘게 해서 이성적 공격의 가능성을 마비시키는 기술입니다. 네, 정말 흥미로워지는데요.

—최기수, 최기수 씨! 마치 나비처럼 사뿐 사뿐 김미나 씨가 누워 있는 침대로 접근하고 있습니다. 목에서 넥타이를 걸어 내

바닥에 던지면서 격정적인 포즈를 연출하는데요!

―네, 그러면서 약간의 침묵이 흐르죠. 지금 마음을 가다듬으며 다음 공격을 준비하는 겁니다. 마치 먹이 주위를 맴도는 한 마리의 사자와 같습니다.

최기수는 침대에 걸터앉아 양말을 벗어 손에 쥐고는 자신의 맨 발바닥을 쳐 대기 시작했다.

"아이 더러워. 제발 목욕탕에 가서 양말 벗고 좀 씻어."

김미나는 양말로 발바닥을 터는 소리를 듣자마자 용수철처럼 벌떡 침대에서 일어나 찡그린 얼굴로 최기수를 째려보았다.

화면의 카메라가 최기수의 발을 최대한 줌인시키자 화면 전체에 그의 발톱에 끼인 검은 때까지 클로즈업되었다.

"감독님! 시청자들 불평 전화가 들어옵니다. 지금 밥 먹는 중이랍니다."

조연출 하나가 이헌수 PD에게 다급한 목소리로 말했다.

"예술 한번 하기 힘드네. 뭐야 다들? 툭하면 대통령이 전화하질 않나. 나 미치겠구먼!"

이헌수 PD는 귀에 꽂았던 이어폰을 땅바닥에 집어던졌다.

"야! 김 군! 생기(生氣, 신선한 공기가 병 안에 농축 가공된 상품. 병에 달린 호스로 신선한 공기를 흡입할 수 있다. 환경오염으로 나빠진 공기 때문에 폭발적인 수요를 자랑하게 된 히트 상품) 한 병 가져와! 야, 그리고 박

감독! 풀 샷 카메라로 컷인시켜! 야 임마, 그러면 화면이 튀잖아! 자연스럽게 넘겨."

이헌수 PD는 화풀이하듯 여기저기 신경질을 내다가 누가 가져온 생기 병을 보고 나서는 급기야 화를 폭발했다.

"야! 난 국산 가공필터 생기는 안 마신다고 했잖아! 알프스 수입 생기 가져오란 말이야!"

MC 육철수와 해설 황세영 총리는 말을 이어 갔다.

—아, 네 남자 선수 특유의 지저분한 공격으로 여자 선수의 신경을 건드려 이성을 잃도록 유도하는 것 같은데요. (해설자 황세영을 바라보며) 왜 계속 최기수 씨는 김미나 씨의 신경을 건드리는 작전을 쓸까요?

—(심각한 표정으로) 네, 그건 말입니다. 아무래도 적이 화가 나 있으면 정확한 상황 판단이 힘들기 때문에, 아무래도 승리를 쟁취하는데 유리한 고지를 점령할 수 있기 때문이 아닐까요?

—(웃으면서) 김미나 씨도 마냥 당하고만은 있지 않을 텐데요. 아, 네, 말씀드리는 순간 김미나 씨가 자리에서 벌떡 일어났습니다.

"자기, 밤에 늦게 들어와서 왜 이러는 거야?"

"왜 이러다니… 남편이 하루 종일 밖에서 고생하고 들어오면 수고한다고 말은 못해 줄망정. 또 무슨 시비 걸려고!"

김미나는 베고 있던 베개를 신경질적으로 던졌다.

"사업만 망하지 않았으면 우리가 이렇게 미국에 오지 않았을 거 아냐!"

거의 울상이 된 김미나가 손으로 얼굴을 감쌌다.

최기수는 당황한 얼굴로 두리번거리더니 조용히 말했다.

"쉿! 다 들으시겠다. 목소리 낮춰서 얘기해."

—자, 지금 본격적인 격돌이 시작될 조짐인데요. 여기서 잠깐 과거에 무슨 일로 최기수 씨가 사업을 그만두게 되었는지 오늘 초대 손님으로 나오신 국가정보기획부의 유상철 선생님께 여쭈어 보도록 하겠습니다. 유 선생님!

자동무인 스튜디오 카메라가 패널 석에 앉아 있는 유상철을 비추었다.

—(환한 웃음으로) 네, 유상철입니다.

—먼저 시청자 분들께 인사 부탁드립니다.

—이렇게 좋은 자리에 저를 초대해 주셔서 감사합니다.

—네! 역시 국가 정보를 다루는 공무원이시라 인사 말씀도 간단하면서도 명료합니다. 지금 부부싸움이 진행되고 있기 때문에 긴 말씀은 못 나누겠고요. 최기수 씨가 과거 어떤 사업을 했고 어떻게 문을 닫게 되었는지 정보자료가 보관된 대로 시청자들께 말씀해 주시지 않겠습니까?

─네, 먼저 차트를 보며 설명하기로 하겠습니다.

스튜디오의 실내가 어두워지면서 유상철이 앉아 있는 주위에 3D 프로젝터 영상이 비췄다. 영상에는 여섯 개의 화면이 나타났는데, 최기수의 10대부터 40대 사이에 일어난 중요한 인생 사건들이 화면에 요목조목 파노라마처럼 흘러갔다.

유상철이 30대 후반이라고 새겨진 화면 상의 엔터키를 손으로 터치하자 최기수가 벌였던 사업의 구상 때부터 사업 문을 닫기까지의 모습이 다시 여섯 개 화면 위에 떴다.

─자, 지금 보시는 것과 같이 최기수 씨는 뾰족한 사업계획 없이 자신의 부모에게 받은 약간의 사업자금을 가지고 청소년들을 대상으로 하는 버디가드 대행 사업이 인기가 있다는 말만 듣고 그 사업을 시작했습니다.

─잠깐만요! 버디가드라는 단어는 시청자분들에게 생소한 단어인데, 설명 부탁드립니다.

─네, 버디가드란 요새 중·고등학생들은 물론 성인들에게도 유행하는 보디가드(bodyguard) 업무입니다. 예를 들어 지금 중학교 남학생이 있고 그 친구한테 여자친구가 있다고 칩시다. 공부는 해야겠는데 여자친구 마음이 언제 변심할지 신경이 쓰이는 상황이 닥치면 참 난처하겠죠? 그때 남학생은 버디가드에 전화 한 통화로 보호감시를 의뢰해 여자친구의 변심을 사전에

예방할 수 있는 거죠. 친한 친구란 의미의 buddy와 보디가드의 guard를 따온 합성어인 버디가드(buddy-guard)는 예전에 부유층이나 유명 인사들의 전유물이었던 보디가드 업무의 변종 사업이라고 할 수 있는데요. 중고등학생들이나 군 복무 중이라 애인이 변심할지 모른다는 불안한 마음이 있는 이들에게 최첨단 장비로 감시보호 서비스를 제공하는 사업입니다. 요즘 한창 유행이죠.

　—참 흥미롭네요. 그 '버디가드' 서비스가 제가 군대 갈 때 있었다면 저도 그 서비스를 이용했을 겁니다. 하하하.

　—전 반대로 제 아내가 저에게 그 버디가드란 걸 붙였을 것 같은데요.

　황 총리의 말에 스튜디오 안이 다시 웃음으로 술렁였다.

　—하하. 말이 약간 빗나갔는데, (다시 유상철이 나오는 스크린 화면을 바라보며) 그러니까 최기수 씨는 바로 그 '버디가드'라는 서비스 사업을 운영했다 이 말씀이죠?

　—네, 그렇습니다. 처음에는 잘 운영되었는데… 자, 여기 이 화면을 보시죠.(유상철은 최기수의 인생 정보가 든 녹화 화면을 조그셔틀로 이리저리 돌리다가 한 장면에서 멈췄다.)

　—아니, 저건….

　—네, 방송이라서 자세히 말씀은 못 드리겠지만 하여튼 복잡

한 고소 사건으로 인해 사업체를 한순간에 날리고 말았습니다.

─고소 사건이라니요?

─최기수 씨가 간통을 방조했다는 것이 수사 중 드러나 일이 조금 복잡해졌죠. 그래서 고객이 다 떨어져 나갔어요. 규모가 작은 최기수 씨의 버디가드 같은 서비스 업종에서는 아주 큰 타격이었지요.

─저런… 안타깝군요. 간통법은 폐지되었지만 배우자나 연인의 부정에 대해서는 여전히 엄격한 정서인데 말이죠… 그런데 부인 김미나 씨는 결혼 전에 최기수 씨가 사업 수완이 없는 사람이라는 걸 몰랐나요? 요즘엔 배우자의 '스펙'을 정확하게 분석하고 결혼하잖아요.

─하지만 일단 결혼을 하면 이혼하기가 쉽지 않죠. 아이들이 있는 경우에는 더더욱 해결해야 할 문제가 많아지고요. 김미나 씨도 마찬가지였을 겁니다.

─그래서 요즘 젊은 사람들 사이에서는 결혼하면 결국 이혼할 텐데 괜히 결혼해서 이혼하려고 고생하느니 차라리 결혼하지 말자는 운동이 벌어지고 있다죠.

─오오오오! 말씀 나누는 순간, 김미나 씨가 울음을 멈추고 최기수 씨를 노려보기 시작했습니다. 본격적인 부부싸움이 이루어질 것 같은데요.

─네, 지금 화면에는 김미나 씨의 체력수치가 컴퓨터에서 그래프로 최기수와 비교되어 나가고 있는데… 음 (잠시 체력수치 그래프를 보더니) 순간 파괴력은 최기수 씨가 약간 앞서지만 다른 근력, 순발력, 유연성은 우열을 가리기 힘든 걸로 나오고 있습니다.

─최기수 씨는 몸 안에 알코올 성분을 아직 분해하지 못했기 때문에 체력 면에서는 오히려 김미나 씨가 앞설 겁니다.

"당신 왜 이래? 사업 말아먹고 미국까지 와서 뭐 잘났다고 술까지 처마셔?"

김미나는 옆 방에서 자는 시어머니를 의식한 듯 평소와는 다른 낮은 톤이었으나 무척 화가 난 목소리였다.

"또 지나간 사업 애기… 에이."

순간 최기수는 술기운 때문인지 소리치며 김미나에게 달려들었다. 그러나 많은 사람들의 예측을 뒤집고, 최기수는 김미나의 허리를 감싸고 입술을 덮쳤다.

"으악! 뭐야? 저거!"

수백 개의 앵글로 비춰지는 연출부의 카메라 모니터를 열심히 들여다보던 이헌수 PD는 다시 용수철처럼 자리에서 튀어 올랐다.

★

"이럴 수가! 〈생방송! 부부싸움〉 사상 초유의 키스신이야!"

조연출은 놀란 나머지 어찌할 바를 몰라 머리를 감싸 쥐었다.

〈생방송! 부부싸움〉은 초매머드급 시청률을 자랑하는 국민 프로그램이었다. 내용상 방송시간은 심야 시간이지만 청소년들에게도 인기가 많았다. 저런 성적 호기심을 유발하고도 남을 노골적 애정 표현이 여과 없이 방송에 나간다면 벌어질 사회적 파장이 엄청나리라는 걱정에 다들 눈앞이 깜깜해졌다.

부부싸움 하는 부부들만 출연해서 저런 노골적인 키스신이 나올 일은 그동안 전혀 없었는데, 도대체 최기수는 무슨 생각으로 아내 김미나에게 키스를 퍼부을까 속수무책으로 바라만 보고 있는데, 이헌수 PD의 천둥 같은 목소리가 연출부를 뒤흔들었다.

"어서 넘겨! 육철수한테 메인 화면을 넘겨!"

이헌수는 있는 힘껏 소리쳤다.

조연출자 중 하나가 자신의 손에 장갑처럼 씌워져 있는 비상 키보드를 이용해 화면을 스튜디오로 순식간에 넘겼다.

다시 MC 육철수와 해설 황세영 총리의 멘트가 이어졌다.

―(아무렇지도 않은 듯) 아, 네, 오늘 화끈한 성격의 선수가 출전 했군요.

―(약간 더듬거리며) 네… 네… 그렇군요.

―여기서 잠깐 오늘 스튜디오에 두 분의 아주 특별한 손님 이 나와 계신데, 소개해 주지 않으시겠습니까? 황 총리님.

―(자신의 자리 앞에 설치된 LCD 모니터에 뜬 초대 손님의 프로필을 얼른 곁눈질하고 나서) 네, 첫 번째 손님은 40년 경력의 차력사 석우석 씨입니다.

―차력사요?

―네, 부부싸움을 상징하는 말인 '칼로 물 베기'를 실제로 시 범을 보여 주실 텐데요.

황세영의 해설과 동시에 스튜디오에 거대한 세트가 웅장한 사운드와 함께 모습을 드러냈다. 마치 산속의 폭포를 연상시키 는 세트였는데, 그 세트가 등장하자 FD의 지시가 없어도 탄성이 저절로 터져 나왔다.

쏴아아아.

소리도 시원한 폭포 물줄기 속에서 웃통을 벗어젖힌 한 남자 가 장도(長刀)를 쥐고 걸어 나왔다.

공중에서 선회하던 조명들이 일제히 사내의 얼굴을 비추자 베토벤의 〈영웅〉 교향곡이 흘러나오며 감동을 배가시켰다.

─여러분, 소개드립니다. 한국이 자랑하는 세계 차력계의 기린아! 어떤 형용사로도 표현이 거부되는 석우석 씨입니다.

─야아아아아아!

MC가 쩌렁쩌렁한 목소리로 소개하자 차력인 석우석은 소개보다 더 우렁찬 기합을 외치며 무대에 등장했다. 그리고 다시 괴상한 소리를 지르면서 요란스럽게 뛰어 순식간에 폭포 세트 정중앙에 섰다.

"근데, 쟤는 소리 지르는 게 무척 애니멀틱하군. 키스신만 안 나왔으면 당장 방송국 밖으로 쫓아냈을 텐데⋯."

이헌수 PD는 비상 상황 때문에 차력인을 소개했지만 석우석이란 차력사가 자신의 연출 무대에 선다는 게 무척 불만스러웠다. 출연 전 잠깐 이야기를 나누었는데, 묻는 말에 대답도 잘 하지 않고 태도가 매우 시건방졌기 때문이다.

"뭐, 튀려고 발악을 하는 거죠."

"빨리 폭포 물 세게 흐르게 작동시키고 '칼로 물 베기'인지 나발통인지 시켜! 뭐해? 카메라 빨리 줌인 시켜! 어서."

─캬오캬오캬오!

차력인 석우석은 웃통을 벗어 던지더니 해괴망측한 괴성과 함께 폭포 물줄기가 떨어지는 곳으로 칼을 뽑아 들고 뛰어 들어가 미친 듯이 칼을 휘둘러 댔다.

─(한참 측은하게 석우석을 바라보더니) 네! 역시 세계 최고의 차력사 석우석 씨의 전광석화와 같은 칼 솜씨 앞에 폭포수의 물이 어찌할 바를 모르는군요. 하지만 물은 좀처럼 베어지지는 않는 듯하군요.

─네, 그렇습니다. 어찌 할 수가 없습니다. 부부싸움이 칼로 물 베기와 같다는 옛 선인의 말씀은 한 치의 틀림이 없었습니다.

─(최기수의 기습 키스가 다 끝나 가는지 힐끗 모니터를 확인하면서) 네, 그렇습니다. 시청자 여러분! 부부싸움은 칼로 물 베기입니다. 이 점 명심하고 부부싸움 중이라도 육체적으로나 정신적으로 상대편에게 치명적인 손상은 서로 삼가하는 것이 좋겠다는 저희 모두의 바람입니다. (최기수의 키스가 김미나의 완강한 저항에도 전혀 멈추지 않고 있음을 모니터를 통해 다시 확인하고 나서) 네, 그럼 두 번째 초대손님을 모셔야겠죠.

─네, 그래야겠죠. (모니터에 떠오른 두 번째 초대 손님의 프로필을 바라보며) 두 번째 손님은 저도 존경하는 동양철학과 고고학의 최고 권위자이신 박형식 박사님입니다.

─네, 박형식 박사님을 큰 박수로 모시겠습니다.

─와!

─짝짝짝.

방청객들이 FD의 지시에 따라 박수를 치자 초대 손님 박형식이 무대 안으로 걸어 들어왔다. 차력인 석우석은 박형식이 입장하는 그 순간에도 폭포수가 만들어진 세트 안에서 열심히 칼을 휘두르고 있었다.

"카메라! 박형식 줌인 들어가고. 그리고 야! 차력사 쟤 빨리 진정시켜라."

이헌수 PD는 연신 생기를 코로 흡입하며 모니터 앞에 앉아 있는 연출팀에게 지시했다.

―(옆자리에 앉는 박형식을 반가운 얼굴로 맞이하며) 박사님, 안녕하세요?

―(아주 무뚝뚝한 얼굴로) 네.

―박사님, 몇 년 전에 한번 뵀을 때보다 살이 많이 빠지신 것 같은데요.

―(역시 무표정한 얼굴로) 요새 연구 때문에 바빠서 살이 조금 빠진 것 같습니다.

―좋은 다이어트 방법이네요, 하하하. (박형식이 웃지 않아 겸연쩍은 표정으로) 박사님, 요샌 어떤 연구를 하십니까?

―(무미건조한 목소리로) 한국 근대사를 통해 한국인의 해학을 고증 연구하는 연구팀을 책임 맡고 있습니다.

―해학을 고증하신다고요?

―(딱딱하고 기계적인 목소리로) 네.

―재미난 기록은 많이 발견하셨습니까?

황 총리의 질문에 대답하려는 박형식의 말을 MC 육철수가 가로막으며 물었다.

―다른 기록들은 일단 접어 두고요. 오늘 박사님을 모신 건 부부싸움에 관해 어떤 자료가 있는지 소개해 주셨으면 해서인 데요. 소개해 주시지 않겠습니까?

―네, 우리 연구팀이 옛 문헌에서 '부부싸움의 예의 법도'에 관해 기록된 것을 어렵게 발견했는데요.

스튜디오 바닥이 열리면서 거대한 스크린이 올라왔다. 이내 스튜디오 안이 어두워지며 몽롱한 분위기를 연출하는 드라이아 이스를 이용한 연기가 무대 바닥을 자욱이 메웠다.

박형식이 부부싸움의 도리에 대해 한 가지씩 이야기할 때마 다 그 내용이 스크린 위에 나타났다.

부부싸움의 예의 법도

제1도: 부부싸움에서 상대편의 손기술과 주먹의 강도를 알고 덤비니, 이를 지(智)라 한다.

제2도: 상대편이 아픈 표정을 짓더라도 과감히 무시하고 초전 박살을 내는 것을 강(强)이라 한다.

제3도: 때려서 피가 나는 곳을 더 이상 때리지 아니하니, 이를 선(善)이라 한다.

제4도: 싸움 도중에도 두발이나 의상의 흐트러짐을 바로 고치니, 이것을 미(美)라 한다.

제5도: 옆집에서 살림을 부수며 싸우는 것을 안타까워하는 것이니, 이를 인(仁)이라 한다.

제6도: 말리는 사람이 있어도 말리는 사람 어깨 너머로 과감히 주먹을 날리는 것이니, 이를 용(勇)이라 한다.

제7도: 맞는 쪽보다는 때린 쪽이 먼저 사과를 해야 하니, 이를 예(禮)라 한다.

제8도: 살림을 부숴도 값 나가는 것은 차마 부수지 않으니, 이를 현(賢)이라 한다.

제9도: 주먹을 날리면서도 서로 '나를 정통으로 때리진 않겠지' 하고 생각하는 것이니, 이를 신(信)이라 한다.

제10도: 싸움이 끝난 뒤 맞은 곳을 서로 주물러 주고 잔해 처리를 함께하는 것이니, 이를 의(義)라 한다.

박형식이 읽기를 다 마치자 스튜디오 안은 감탄사와 우레 같은 박수 소리로 메워졌다. 박형식은 마치 모든 것을 자신이 집대성한 양 어깨에 잔뜩 힘을 주었다.

★

"애들아, 밤에 무슨 일이야. 에구… 뭐하는 짓이냐 남우세스럽게."

시어머니가 방문을 불쑥 열고 들어와서 최기수와 김미나가 키스하는 장면을 목격하고는 민망스럽다는 듯 두 손으로 눈을 가렸다.

"야! 시어머니 떴다! 카메라 뭐해?"

이헌수 PD는 조종실이 떠나갈 듯 외쳤다.

"오늘 생방송 부부싸움의 하이라이트 시어머니가 등장했다! 스튜디오! 스튜디오!"

다급한 목소리로 AD 한 명이 마이크에 대고 MC에게 말했다.

"뭐하는 거야? 저 박형식인가 하는 영감탱이 빨리 잘라 내. 그리고 저 칼춤 추는 석우석도 폭포 세트랑 같이 수장을 시키든 어쩌든 빨리 스튜디오에서 내보내. 어서!"

이헌수 PD는 침을 튀기며 고함을 쳤다.

그의 말에 몇몇 AD들이 분주하게 조종실 안에서 움직였다.

"에이 엄마! 노크도 없이 들어오시면 어떡해요. 오랜만에 분위기 좀 잡으려 했는데…."

최기수는 김미나에게서 떨어지면서 얼굴을 붉히며 불평했다.

"뭐 노크해도 들렸겠냐? 뭐가 잘났다고 술 마시고 들어와서 밤에 온 집안을 시끄럽게 만들어? 미국 와서도 그 술버릇은 못 버렸구나."

김미나는 속으로 화가 나는 걸 간신히 누르고 잠잠히 고개만 숙이고 있었다.

"왜 매일 술 먹고… 어쩌려고 그러냐!"

"엄마, 그만해!"

최기수는 한 손으로는 목에 맨 넥타이를 풀며 괴로운 듯 말했다.

"괴로워서 한잔 했습니다."

"못난 놈. 그렇게 애당초 잘해 내지도 못할 사업은 왜 시작해서 망했누."

"제가 망할 줄 알았나요… 흑흑흑."

─(자신도 괴롭다는 얼굴로) 아, 네, 최기수 씨가 먼저 감정을 터

트리네요.

　―저런 모습 김미나 씨에겐 시어머니가 있는 자리에서 부담스럽죠. (모니터를 보더니) 네, 김미나 씨의 지금 감정곡선이 노란색에서 오렌지색으로 변하고 있습니다.

　―오렌지색이요?

　―네, 오렌지색은 부부싸움에서 논리적인 전술을 구사하는 덴 약간 부담스런 감정곡선이죠.

　―김미나 씨! 어서 감정을 조절해서 부부싸움에 잘 임해야 할 텐데요.

　"어머님, 저 사람한테 무슨 말씀 좀 해 주세요. 저도 매일 밤 괴로워요. 흑."

　김미나도 뒤늦게 감정을 실어 보았지만 시어머니의 표정은 냉랭했다.

　"애야, 아무리 세상이 변했다 해도 가장은 가장이다. 쟤도 얼마나 힘들면 저러겠냐."

　"엄마… 엉엉… 한국으로 돌아가고 싶어요."

　최기수는 아예 땅바닥에 퍼질러 앉아 통곡하기 시작했다. 김미나는 어이가 없다는 표정으로 바라보기만 했지만 시어머니는 그런 아들이 측은한지 얼른 달려가 두 팔로 최기수의 얼굴을 감싸 안았다.

"어이구, 내 새끼… 내가 애비 없이 널 어떻게 키웠는데… 매일 새벽에 너만 잘되게 해 달라고 얼마나 기도했는데. 하늘도 무심하시지… 어이구 내 새끼."

—자, 오늘 부부싸움 주제를 이민 갈등이라고 했는데 어떻게 고부간 갈등으로 서서히 들어가고 있는 것 같습니다. 흥미롭습니다.

—네, 그런 것 같습니다. 지금 상황이 슬슬 고부 갈등으로 흘러가고 있는 분위기죠?

—(모니터를 보며) 자료에 의하면 지금 김미나 씨는 미국에서 잘 적응하고 있죠?

—네! 보통 여자들이 남자들보다 환경에 더 빨리 적응하죠.

—(모니터를 보더니 격양된 목소리로 바뀌어) 오오오오, 말씀드리는 순간 김미나 씨의 입술이 거칠게 움찔거립니다. 곧 공격에 들어가려는 모양인데요.

—그렇습니다. 불리한 상황이라고 해도 자신감을 잃지 않고 공격을 퍼부어야 합니다.

"어머니, 어머니가 매번 그렇게 기수 씨를 감싸니까 기수 씨가 그 모양이죠."

"그 모양이라니!"

시어머니가 정색을 하고 김미나를 노려보았다.

"말이 좀 심하구나. 안 그래도 남편이 바깥일에 힘이 이렇게 빠져 있는데 내조는 못해 줄망정…."

"약해 빠진 말만 하잖아요."

"여보!"

최기수는 울음을 멈추고 얼굴을 찡그리며 김미나를 바라보았다.

"당신은 가만히 있어요. 안 그래도 말씀드리려고 했는데 잘 됐네요. 어머니! 지금 이 사람이 몇 살인데 자꾸 내 새끼 내 새끼 하며 감싸세요? 그렇게 자꾸 감싸니까 이 사람이 마마보이처럼 어머니 치마폭에서 허우적대는 거 아니에요!"

"아니 얘가… 뭐, 마마보이? 허우적?"

최기수는 아무 말도 못하고 머리만 긁적였다.

"네, 기왕 말이 나왔으니 계속 말씀드리죠. 한국에서 사업에 망하고 오갈 데 없는 저희 가족을 미국으로 보내 주신 것 정말 감사하게 생각하고 있어요. 그리고 이제까지 부모님 잘 못 모셨는데 폐까지 끼치게 되어 정말 송구스럽게 생각하고 있고요."

"송구스러운 애가 말하는 게 그 모양이니?"

시어머니의 눈에는 분노의 불길이 본격적으로 타오르고 있었다.

"여보, 당신 늦은 밤에 말이 지나친 거 아니야?"

최기수는 애걸하는 표정으로 김미나에게 말했다.

"당신이 술 먹고 늦게 들어오니까 늦은 밤에 이런 일이 벌어지는 거 아니에욧!"

"얘… 얘… 얘가… 보자 보자 하니까 시어미 앞에서 남편 알기를 완전 물로 보네. 나 참, 내가 오래 살다 보니 이제 별 소리를 다 듣는구나."

시어머니의 말은 들은 척도 않고 김미나는 계속 말을 이어갔다.

"어머님! 말도 안 통하는 미국 생활이 얼마나 힘든 줄 아시기나 하세요?"

"여보, 그만해."

최기수가 김미나의 손목을 잡자 김미나는 야멸차게 손목을 빼며 계속 말을 이었다.

"저도 새벽에 일어나 가족들 아침 챙기고 다운타운에 가서 하루 종일 뼈 빠지게 열심히 일했어요. 집에 퇴근해서도 쉬지 못하고 아이들 돌보고 어머님 그 잘난 아드님이 드실 저녁까지 군소리 없이 해서 갖다 바쳤다고요."

"아니, 얘가…."

"나는 여기 미국이 내가 뿌리내려야 할 곳이라는 생각으로 악착같이 열심히 일하는데, 허구한 날 비 오면 비 온다고 우울해서 한 잔, 날 좋으면 날 좋다고 한 잔! 마시고 들어와서는 이민 생활 힘들다고 징징. 나도 온몸이 부서지도록 피곤한데… 매일 밤 들들 볶고… 그게 사람이에요?"

최기수는 부부싸움 공격 대형을 완전히 후진으로 재배치했다. 갑작스럽게 전투에 투입된 시어머니와 각개 전투를 벌이는 아내 김미나를 일단 관망하기로 했다.

"사람이 아니라고? 아이고… 어이가 없구나. 내가 오래 살다 보니 별 소리를 다 듣게 되는구나. 애, 새삼스럽게 뭐 그런 걸 가지고 엄청나게 고생이라도 하는 것처럼 어른 앞에서 고래고래 고함을 치냐!"

"전 그러고도 자식만 감싸는 어머님이 한심해요!"

─(놀란 목소리로) 오오오오오오오 엄청난 스매싱! 캬! 오늘 김미나 씨, 시어머니와 일전을 치르면서 그냥 결판을 내려는 모양입니다.

─네, 그렇습니다. 45개의 카메라 앵글로 다양하게 비춰지는 김미나 씨의 저 빛나는 모습! 정말 박력 있는 한 방이었습니다. 아! 찬란합니다. 마치 불의를 향해 절규하는 중세 유럽의 잔다르크를 보는 듯한 처절한 비장미가 흐르는 장면이었습니다. 아… 눈물이 나오려고 하네요. 오늘 승리의 여신은 반드시 김미나 씨에게 미소를 지을 것입니다.

생방송! 부부싸움

모니터를 바라보던 이헌수 PD는 다시 자리에서 벌떡 일어섰다.

"저저… 자기가 무슨 오늘 심판이야? 왜 저래?"

AD 한 명이 벌벌 떠는 목소리로 말했다.

"그래도 총리 님인데…."

이헌수 PD는 손에 든 노트를 신경질적으로 땅에 내리쳤다.

"야, 그래도 이 프로가 대통령의 총애를 받는 프로그램이라고. 어디 총리가 건방지게 시킨 해설이나 잘하지 혼자 결론 내리고 다 하는 거야!"

★

기존의 부부싸움은 피자 배달원과 눈이 맞은 아내라든지 딸친구와 사랑에 빠진 남편이라든지 자극적인 부부싸움을 선별해 보여 주었었다. 변태적이고 경악스런 부부싸움의 묘미로 국민 프로그램이라는 명예도 얻었건만 너무 저질이라는 지적도 있어 연출 방향을 건전하게 선회했는데, 오늘 방송은 간지 나는 장면도 없고 재미도 없었다.

이헌수 PD는 걱정스러워졌다.

"생방송이라 지금 어떻게 할 수는 없고… 에이, 오늘 시청률 밀리겠는데. 야, 미스터 오, 지금 〈엽기 뉴스시대〉 시청률은 어때?"

〈엽기 뉴스시대〉는 〈생방송! 부부싸움〉과 동시간대에 다른 방송국에서 방영하는 경쟁 프로그램이다.

"음… 그게 말이죠."

"뭐? 말해 봐."

이헌수 PD는 짜증스런 목소리로 물었다.

그러자 미스터 오라고 불린 AD는 한참을 머뭇거리다가 자신의 앞에 있는 모니터를 이헌수 PD 앞으로 가져왔다.

"저한테 묻지 마시고 직접 보시죠."

"이 자식이 건방지게…."

이헌수 PD는 모니터를 바라보았다.

화면에는 〈엽기 뉴스시대〉의 오프닝이 진행되고 있었다. 엽기 그 자체에 목숨을 건 듯 스튜디오 분위기도 그로테스크했다. 게다가 진행자와 패널들의 의상과 분장은 엽기라는 단어의 표현 영역을 완전히 떠나 있었다.

"에이, 내 프로가 저따위 저질 프로와 경쟁을 한다니… 어이가 없군."

이헌수 PD는 얼굴을 찡그리며 진행자 오골계가 냄새가 풍길 것 같은 지저분한 얼굴로 느릿느릿 저음으로 진행하는 모습을 바라보았다.

　—오늘 눈 뜨고 이 프로그램을 보시니까 아직 살아계신 시청자 여러분. 이 세상 엽기적인 뉴스만을 골라 엄선해 보내 드리는 〈엽기 뉴스시대〉 시간이 돌아왔습니다. 요즘 세상이 좋아졌어도 참 허무하죠? 재미있다는 일도 일주일을 못 가고, 뭐 짜릿한 일 없나 주위를 둘러봐도 없죠. 저도 자살하고 싶은데, 그것도 귀찮아서 이렇게 뉴스나 진행하며 살아가는데요. 그런데 저희 〈엽기 뉴스시대〉가 오늘 아주 재미있는 엽기적인 식당을 발견해 시청자분들께 소개해 드리고자 합니다. 방수은 씨!

　진행자 오골계가 고개를 돌려 왼쪽 옆에 앉아 있는 한 여자를 바라보았다.

　그녀는 오색찬란한 실로 뜨개질을 한 목도리를 얼굴 전체에 눈만 남겨둔 채 칭칭 감고 있었다.

　—저는 오늘 사람 고기를 요리해서 먹는 아프리카의 한 식당을 소개하려고 합니다.

　보고 있던 이헌수 PD는 입을 실룩거리며 한숨을 내쉬었다.

　"시청자를 끌려고 생 발광이군."

　옆에 서 있던 AD는 이헌수 PD의 눈치를 살피다가 억지로 용기를 내어 기어가는 소리로 말했다.

"그런데 현재 저 방송이 우리 〈생방송! 부부싸움〉의 시청률을 큰 차이로 앞질러 가고 있습니다."

"뭐, 뭐라고?"

이헌수 PD는 갑자기 헉 하는 외마디 비명과 함께 고꾸라졌다.

"앗! PD님이 쓰러졌다."

"어어어어."

주 조종실 안에 있던 수십 명의 스태프들이 일시에 일어나 쓰러진 이헌수 PD 주위로 몰려들었다.

"어떡하지."

"응급치료 유닛을 대기시켜!"

─슈슈슛.

말미잘처럼 생긴 수많은 촉수 같은 전자 실이 달린 응급치료 유닛 로봇이 나타나 이헌수 PD를 응급치료했다.

"으… 으."

치료가 시작된 지 정확히 3분 20초 만에 이헌수 PD가 눈을 떴다.

"괜찮으세요?"

스태프 한 명이 걱정스러운 듯 물었다.

"쌍. 혈압이 갑자기 치솟았나… 으."

이헌수 PD는 한 손으로 자신의 뒷목을 주무르기 시작했다.

"야, 박 군아."

이헌수 PD는 고개를 뒤로 젖힌 채 눈을 지그시 감고 전보다는 낮은 톤으로 박 군이라는 AD를 찾았다.

"네!"

"에로 여배우 한 명 섭외해서 빨리 저기 최기수 쪽으로 투입시켜."

"네?"

조종실 안의 모든 스태프들 눈이 휘둥그레지며 서로 얼굴을 바라보았다.

"배우 투입시키라니까. 연출을 넣어야겠어. 이런 식으로 나가다가는 우리 프로 망한다."

"그래도…."

"건전한 방송이고 나발이고 저 엽기 프로처럼 우리도 자극적으로 나가야 돼. 무슨 얼어 죽을 고부 갈등이냐고… 부부싸움 잘하다가. 불륜이 들어가야 해. 막장 같은 주제가 나가야 한국인들은 좋아한다고. 그래야 우리 프로가 살아."

"그래도 연출은 좀… 우리 프로그램은 연출 없는 다큐 생방송 포맷이 생명인데요."

"생명? 빌어먹을 그런 거 필요 없어. 기대가 큰 만큼 시청자들이 한번 등 돌리면 절대 돌아오지 않는다고. 어서! 여배우 하나 불륜 식으로 연출시키라고. 빨리."

이헌수 PD는 이제 애걸하는 목소리로 AD에게 지시를 내렸다. AD는 머뭇거리다가 여배우 섭외를 위해 주 조종실을 빠져나갔다.

이헌수 PD는 메인 모니터를 통해 아직까지도 언쟁을 벌이고 있는 김미나와 시어머니를 바라보았다. 이혼율은 세계 최고이고 출산율은 세계 최저인 대한민국의 최고 인기 리얼리티 TV 쇼의 방송 의도는 부부들의 아기자기한 싸움을 보여 주어 결혼을 장려한다는 취지였지만, 그게 어디 방송 생리상 가능한 일인가. 말초신경을 자극하는 소재가 계속 제공되지 않는다면 시청률은 물론이고 광고도 몽땅 떨어져 나갈 것이다.

이헌수 PD는 이러다가 방송 자체를 아예 접어야 할 지경에 이를 수도 있다는 생각에 이르자 몸을 부르르 떨었다.

'어차피 결혼을 장려해 봤자 다 소용없어. 대한민국에서 결혼생활이라는 건 다 무너졌다고. 그리고 이혼할 생각이면 아예 결혼을 하지 말아야지. 매번 지지고 볶고 부부싸움이나 하고. 나한텐 시청률이 최고야. 또 시청률 올리는 데는 불륜이 최고고…'

이헌수 PD는 마음을 진정시키기 위해 큰 숨을 내뱉었다.

'그나저나 이 여편네가 바람이 났나? 하루 종일 전화도 안 받고 뭐하지?'

이헌수 PD는 핸드폰을 꺼내 자신의 아내에게 전화를 걸었다.

파리
교차로 사건

(작가의 말을 대신하며)

*여러 차원에서 독자 여러분을 고려해, 글에 등장하는 파리들의 이름은 물론 글 속의 '똥'을 모두 '꽃'으로 대치했음을 알려드립니다.

꽃파리계의 민완 교통순경 파리는 식사 때를 놓쳐 오후 3시가 되어서야 순찰을 멈추고 꽃밭에서 신문을 읽으며 점심식사를 하고 있었다.

내일로 미루지 말걸… 오늘 죽을 줄 알았다면. (하루살이)

신문을 읽다 말고 교통순경 파리가 먹고 있던 꽃을 자신의 다리로 탁 치며 "야! 감동적이군. 하루살이가 이런 명언을…" 하고 혼자 중얼거리는데 마침 워키토키가 진동했다.

─꽃파리 순경님! 사고가 발생했습니다. 여긴 화장실 안 교차로인데요. 양보 않고 서로 진입하려다가 충돌 사고가 났습니다. 그런데….

교통순경 파리는 안테나를 확 내리며 워키토키를 꺼 버렸다.

'이놈의 나라는 매초마다 교통사고야. 어디 이민이라도 확 가 버려야지.'

교통순경 파리는 투덜거리며 사건 현장으로 날아갔다. 사건 현장에는 파리들이 파리 떼처럼 몰려 있었고, 서로 심하게 충돌했는지 날개가 대파된 네 마리의 파리가 옥신각신하고 있었다.

"자자, 꽃파리 시민 여러분 진정해 주세요. 먼저 사건사고 경위서를 꾸미시죠."

"아니, 나보고 진정하라고? 이 상황에서? 내가 누군 줄 알아? 나 국회의원이야!"

"이거 봐요. 난 꽃집을 다섯 개나 관리하는 사장 파리라고! 빨리 내 날개나 손해배상해!"

"보자보자 하니까… 난 누군 줄 알아? 너희들의 그 알량한 권력이나 허무한 재력 같은 데엔 초탈한 베스트셀러 작가 초파

파리 교차로 사건

리야.”

“댁의 직업은 뭡니까? 앞에 분들은 국회의원, 꽃집 사장, 인기 작가 파리라는데….”

사건사고 경위서를 꾸미던 교통순경 파리는 조용하게 지켜보기만 하는 파리에게 물었다.

“집에 텔레비전 없으세요? 내가 쪽팔려서 안 나섰는데… 난 아이돌 날라리 파리예요. 빨리 서류 꾸미시죠. 파리 떼들 윙윙거리는 소리 듣고 있자니 머리가 지끈지끈하네요.”

교통순경 파리도 날파리의 말에 공감했다. 이렇게 파리들이 한꺼번에 몰려 있다간 어디서 파리채나 살충제가 날아올지 모르기 때문이다.

“날파리 분 말이 맞습니다. 다들 진정해 주시고요. 다들 윙윙거리시면 경위서 꾸미는 데 시간이 많이 걸리니 한 분씩 사고 경위를 말씀해 주시죠.”

“나부터 얘기하지. 요즘 경기가 파리 날리는 형국인데, 마침 신선한 꽃을 대량 주문하겠다는 파리가 만나자고 해서 만나러 가는 길이었소. 분명 내가 먼저 이 교차로에 진입했는데 저 무식한 파리 떼가 신호도 무시하고 들어오는 바람에 이렇게 된 거요. 다 저 파리들이 잘못한 거요.”

“뭐? 신호도 무시? 야 이 꽃파리야! 당신이 먼저 무시하고 들어왔잖아!"

이야기를 듣던 날파리가 분개했다.

"꽃파리야? 이게 보자보자 하니까, 너 왜 반말이야? 너 몇 살이야?"

"나이 좋아하고 있네. 다 파리 목숨인데…."

날파리가 콧방귀를 뀌자 사장 파리가 달려들어 멱살을 잡았다. 잠시 가라앉았던 분위기가 순식간에 난장판이 되자 교통순경 파리는 허리에 차고 있던 휴대용 끈끈이를 들며 외쳤다.

"조용하세요. 자꾸 이러시면 끈끈이를 여러분 입에 갖다 대겠습니다."

교통순경 파리의 으름장에 다들 얼굴색이 파리해졌다.

"좋습니다. 자, 그럼 다음으로 국회의원 파리님 말을 들어 보도록 하죠."

"윙윙윙… 알겠소. 그런데 그 끈끈이 좀 치워요. 무섭소."

"아, 알겠습니다."

"난 언제나 파리 민족의 장래만 생각하는 꽃파리요. 내 모든 결정이 우리 꽃파리 민족의 장래를 좌지우지하지. 여기서 왈가불가 쓸데없는 데 시간을 보낼 순 없소. 빨리 보내 주시오."

그러더니 국회의원 파리는 자기의 부러진 날개를 바라보며 중얼거렸다.

파리 교차로 사건

"이번 기회에 나도 수입 날개로 교체해야지 원…."

"이것 보쇼. 쓸데없는 데 시간 보내기 싫으면 당신이 여기 손
해배상 다 해 주면 될 거 아니오?"

또 다시 날파리가 비아냥거리듯 국회의원 파리에게 말했다.
그러자 국회의원 파리는 한심하다는 표정을 지으며 말했다.

"이런 말도 안 되는 데 국고를 낭비할 순 없소."

"그럼 수입 날개 살 돈으로 손해배상해 주면 되겠네."

사장 파리가 비아냥거렸다.

"내가 국민을 위해 열심히 날아다녀야 하니 수입 날개 구입
은 당연히 세금으로 할 것이오."

"어이없는 꽃파리 같으니라고…"

"뭐? 어이없어? 이게 아래 위도 없나?"

사장 파리와 국회의원 파리가 주먹다짐이라도 할 듯 분위기
가 험악해지자 초파리가 교통순경파리에게 살짝 다가왔다.

"이것 보시오. 순경양반."

"어, 이게 뭡니까?"

초파리는 슬쩍 교통순경 파리의 주머니에 꽃봉지 하나를 넣
었다.

"작은 꽃이지만 받아주시고 날 제발 여기에서 벗어나게 해
주시오. 난 길바닥에서 저리 무식한 파리들과 떠들 수 없으니 조

사서 하나 빨리 잘 써 주시고 날 좀 그냥 보내 주시오."

교통순경으로 잔뼈가 굵은 파리였지만 아무래도 꽃파리였으므로 꽃 앞에서는 손까지 부르르 떨릴 정도로 동요되었다. 송이 꿀보다 더 단 꽃봉지가 주머니 안에 들어오자 마음이 파르르거렸다. 그걸 감지한 초파리는 한마디 덧붙였다.

"지금은 이거밖에 없지만 여기로 한번 찾아오시죠. 이디 좋은 꽃밭에 가서 크게 한 방 쏘리다. 하하하."

초파리는 자신의 명함을 교통순경 파리에게 전했다. 명함에는 이렇게 적혀 있었다.

베스트셀러《행콕팍보호소 살인 사건》작가, 초파리.

"아니,《행콕팍보호소 살인 사건》이라면 초유의 베스트셀런데…."

"하하, 그렇소. 파리의 신이 내린 듯 영감어린 사고의 명민함이 빛을 발한 출판계의 최고 베스트셀러,《행콕팍보호소 살인 사건》을 쓴 초파리라 하오."

"베스트셀러? 그래 봤자 책 팔아 번 돈으로 꽃밭 주위나 날아다니겠지. 꽃파리니까. 나처럼 사는 동안 명품 두르고 자유연애나 하며 살면 되지 무슨 놈의 책이야."

파리 교차로 사건

어느새 날파리가 끼어들어 교통순경 파리와 초파리 사이에서 비아냥거렸다.

"아니, 이 친구 말이 지나치구먼."

"자, 빨리 손해배상이나 합의합시다."

사장 파리가 말했다.

"당신이야말로 사장이면 꽃 많을 거 아냐. 당신이 먼저 신호 무시했으니 배상하시오."

"요새 비즈니스 파리 날린다고 몇 번 얘기했어? 내가 꽃이 어디 있어?"

사장 파리의 집에는 사실 꽃이 무더기로 쌓여 있었다. 그러나 꽃은 그에게 생명과 같은 것이므로 절대로 이런 일로 내놓을 수 없다고 사장 파리는 속으로 단단히 다짐했다.

"어이, 말 많은 양반! 당신 집에 세금으로 산 명품 하나 팔면 여기 피해 보상은 다 할 수 있을 것 같은데?"

"미쳤소? 국민의 세금으로 산 피 같은 명품을… 그런 짓은 절대 못하지!"

"빨리 꽃 내놓으시오. 당신이 잘못했잖아."

"니가 신호 무시하고 뛰어들었잖아."

도저히 합의에 도달할 것 같지 않다고 판단한 교통순경 파리가 단호히 말했다.

"자자, 진정하시고요. 우리 여기 이렇게 모여 있다간 언제 인간들한테 봉변당할지 모르니 제가 여기서 정리하죠. 다들 크게 다치신 데는 없는 것 같으니 각각 보험 처리하기로 합의합시다. 알겠죠?"

"보험 처리? 아니 순경 양반, 꽃봉지까지 쥐어 주었는데 그 무슨 망발을… 난 아무 죄가 없다니까. 저 파리들이 신호위반했다니까."

"보험 처리? 미쳤나? 내 보험요율 올라가라고? 나 돈 없어! 배 째!"

"안되겠구먼. 내가 교통처장 파리한테 전화 한번 해야겠구먼."

"에이, 이게 뭐야. 명색이 베스트셀러 작가인데, 로드 매니저 하나 고용해야지. 아, 골치 아파!"

"자, 그러지 마시고 제 말대로 합의하시죠. 잠깐, 킁킁… 이건 뭐야?"

"뭐? 킁킁."

"무슨 냄새가 나는데…."

"으악! 파리 살충제다!"

으악.

교통순경 파리는 살충제 냄새에 냅다 하늘로 도망쳤다.

그러나 권력과 재력과 인기, 향락을 쫓아 파리 떼처럼 몰려 다니다 교차로에서 사고를 일으켜 날개를 잃은 꽃파리들은 날 아오를 수 없었다.

파리 떼가 윙윙거리는 걸 발견한 인간의 살충제 한 방에 꽃 파리들은 파리 목숨처럼 우수수 사라져 갔다. 그 중에서도 베스 트셀러 작가 초파리는 이렇게 외치며 절명했다.

"내 목숨이 파리목숨인 줄 진즉 알았더라면 책 만드는 데 도 움 주신 모든 분들께 더 많이 감사드릴걸. 크흡!"